LA MAISON

DES

DEUX BARBEAUX

LE SANG DES FINOËL

ÉVREUX, IMPRIMERIE DE CHARLES HÉRISSEY.

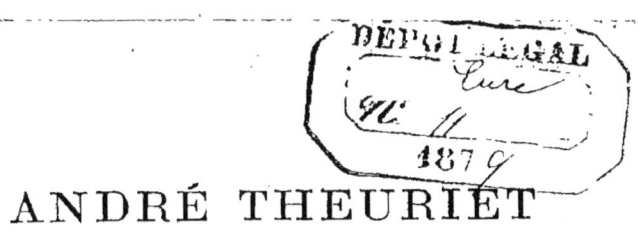

ANDRÉ THEURIET

LA MAISON

DES

DEUX BARBEAUX

LE SANG DES FINOËL

PARIS

PAUL OLLENDORFF, ÉDITEUR

28 BIS, RUE DE RICHELIEU

1879

LA

MAISON DES DEUX BARBEAUX

1

LA MAISON DES DEUX BARBEAUX

PREMIÈRE PARTIE

I

En **1860**, la raison sociale : — *Lafrogne père et
fils, droguistes à Villotte,* — figurait encore en tête
des factures de la maison, bien que, depuis plu-
sieurs années déjà, Lafrogne père dormît sous
les hautes herbes du cimetière Sainte-Marguerite.
Cet établissement, fort achalandé, était connu
dans tout le Barrois sous le nom de *Magasin des
Deux Barbeaux,* grâce à l'idée ingénieuse du
père Lafrogne, qui avait pris pour enseigne les
armes de Villotte : « deux barbeaux adossés, sur
champ d'azur semé de croizettes d'or. »
Situé rue du Bourg, dans un quartier mi-

bourgeois et mi-commerçant, la maison Lafrogne
est un des spécimens les plus purs de l'architec-
ture lorraine de la fin du xvie siècle. La façade,
bâtie en pierre dure de Savonnières, a pris avec
le temps de jolis tons d'un gris rosé. La porte
d'entrée en bois plein, délicatement ouvragée et
agrémentée d'un heurtoir en fer, est encastrée
dans une arcade dont un chérubin joufflu forme
la clé, et dont l'entablement est lui-même surmonté d'un cartouche qui renfermait jadis les
armoiries du seigneur du logis, mais où maintenant s'étale prosaïquement le numéro de la maison. Les chambranles des fenêtres sont ornés de
sirènes, sculptées en haute bosse, qui sortent la
poitrine nue d'une gaîne de feuillage, et soutien-
nent de leurs têtes fines et rieuses un fronton
échancré. Pour relier les détails de cette déco-
ration élégante et sobre, de légers pilastres can-
nelés séparent les croisées à petits carreaux
verdâtres, et sur leurs chapiteaux corinthiens
s'appuie la frise d'un attique percé de doubles
lucarnes; l'ensemble est complété par une dernière corniche où surplombent à chaque extrémité des gargouilles de pierre qui, dans les jours
d'orage, versent sans façon les eaux pluviales
sur la tête des passants.

La maison se compose de deux corps de logis séparés par une cour intérieure. En 1860, la portion donnant sur la rue du Bourg était réservée à l'habitation ; les bâtiments de derrière, communiquant avec la rue de la Municipalité, comprenaient la *foulerie*, le pressoir, les bureaux et surtout les magasins, qui occupaient presque tout le premier étage. Là, de vastes pièces sèches, aérées et profondes, prolongeaient en enfilade leurs cloisons garnies dans toute la hauteur de casiers à tiroirs ; deux rangées de buffets massifs formaient au milieu un couloir obscur, tandis qu'au long des murailles s'alignaient des tonneaux ventrus, pleins jusqu'aux bords des substances sans nombre employées dans la droguerie : gommes-guttes, couperoses, bois de Brésil, garance, avelines et roses de Provins, jujubes et fleurs de bouillon blanc. Au plafond pendaient des fagots de bois de réglisse, des bottes d'armoise et de mélilot, de gigantesques chapelets de racines d'iris et de têtes de pavot. Quand parfois le soleil, filtrant à travers les guirlandes séchées, envoyait sa lumière oblique dans ce fouillis, des flots d'atomes odorants s'envolaient de tous côtés et teignaient les rayons lumineux de couleurs étranges. Parfois aussi, d'un tiroir entr'ouvert,

une aromatique senteur de vanille ou de noix
muscade s'exhalait au passage et faisait rêver à
la flore merveilleuse et lointaine des Antilles ou
des Indes hollandaises.

Pour dire la vérité, personne ne rêvait guère
dans cette maison des *Deux Barbeaux*. Les fils
de Claude Lafrogne n'étaient pas enclins à de
pareilles distractions. L'aîné, Hyacinthe, touchait à ses cinquante ans, et Germain, le cadet,
en avait près de quarante. Restés célibataires,
ils vivaient avec leur tante *Lénette* (diminutif de
Madeleine), une verte vieille fille de soixante-
douze ans, sœur de feu Mme Lafrogne, qui les
avait bercés au maillot et qui depuis les avait
élevés, catéchisés et dorlotés avec un dévouement
infatigable. Mlle Lénette était la cheville ouvrière
de la maison, elle tenait les clés des armoires,
réglait la dépense, ordonnait les repas et répondait de tout. C'était une grande et maigre personne, ne perdant pas un pouce de sa longue
taille, alerte et d'une propreté méticuleuse, fort
dévote, très-rigoureuse pour elle-même et pour
les autres, toujours levée avant le jour et ne laissant pas aux servantes le temps de bayer aux
corneilles ; au demeurant, une fille de grand
sens et de bon conseil, très-respectée de ses

neveux, qui ne concluaient jamais une affaire avant de l'avoir consultée.

Hyacinthe était son Benjamin, bien qu'il eût déçu les espérances et les ambitions de la famille. Au collége, il avait eu la réputation d'un fort en thème, et le père Lafrogne s'était nourri de l'espoir de voir son aîné entrer dans la magistrature. On l'avait en conséquence envoyé à vingt ans faire son droit à Paris, et, comme la tante Lénette ne pouvait se décider à l'abandonner seul dans cette ville de perdition, elle l'y avait suivi. Logé derrière Saint-Sulpice, rue du Canivet, obligé de passer par la chambre de sa tante pour rentrer dans la sienne, Hyacinthe avait vécu quatre ans à Paris sans se douter des plaisirs ni des dangers de la grande ville. Il était revenu à Villotte avec son brevet de licencié et toutes les innocentes candeurs d'un jeune homme qui n'a vu le monde qu'à travers les fumées d'encens de l'église Saint-Sulpice. Ingénu et rougissant comme une jeune fille, naïf comme un enfant et d'une simplicité touchante, il ne pouvait croire au mal. Les hâbleries et les duplicités de la chicane étaient pour lui lettres closes ; aussi fit-il un détestable avocat.

L'histoire de l'unique plaidoirie d'Hyacinthe

Lafrogne sert encore aujourd'hui de thème aux
plaisanteries de la basoche de Villotte. Il avait
été chargé de défendre d'office une femme
accusée d'avoir volé une paire de bas. Le délit
était patent, la prévenue ayant été trouvée
nantie des objets volés; Hyacinthe n'en plaida
pas moins l'innocence de sa cliente.

— Messieurs, dit-il d'une voix honnêtement
émue, quand Pharaon, roi d'Egypte, fit recher-
cher la coupe qui lui avait été dérobée, on la
retrouva dans le sac de Benjamin, et cependant
Benjamin était innocent : tel est le cas de ma
cliente...

— Pardon, maître Lafrogne, interrompit le
président, qui avait l'humeur bourrue et nar-
quoise, Benjamin n'avait pas mis lui-même la
coupe dans son sac, tandis que votre cliente avait
mis à ses pieds les bas en question. Votre argu-
ment pèche par la base.

Les saute-ruisseau, l'huissier audiencier, le greffier et le ministère public lui-même partirent
d'un si bel éclat de rire que le débutant s'embrouilla dans sa harangue, bredouilla et se rassit
tout mortifié. La cause était entendue. Hyacinthe
quitta l'audience en jurant qu'on ne l'y repren-
drait plus. — Épices pour épices, dit-il à son

père, j'aime encore mieux en vendre que d'en
recevoir.

Ce fut la seule malice qu'il se permit pour
soulager son cœur.

Il était à cinquante ans tel qu'il s'était montré
à vingt-quatre. Ses cheveux avaient grisonné,
mais ses joues étaient roses, et ses yeux bleus
avaient conservé leur limpidité enfantine. En
fait de femmes, il n'avait jamais connu que la
tante Lénette ; ce sexe lui faisait peur et jamais
on n'avait pu le décider à se marier. Casanier et
même un peu tatillon, il se plaisait au logis,
tenait les livres, s'occupait de la correspondance
et se récréait le soir en lisant des tragédies clas-
siques et des romans de chevalerie. On le rencontrait parfois le dimanche, après les vêpres,
sur les bords du canal, marchant le dos un peu
voûté à cause de sa grande taille frêle. Il portait
encore, comme au temps passé, de petits anneaux
d'or aux oreilles ; il était vêtu d'une antique et
longue redingote noisette ; ses chemises, façon-
nées à la vieille mode, avaient des devants plissés
à la main, sur lesquels tombaient gauchement
les bouts d'une cravate noire frippée ; son pantalon de lasting, trop court, laissait voir de gros
bas tricotés par Mlle Lénette, et des souliers

1.

noués de cordons trop longs ; il y avait dans sa
mise quelque chose de suranné, de naïf et de
flottant comme son propre esprit.

Germain , le cadet, était d'humeur aussi sauvage, mais d'un tout autre tempérament; sauf
en un point : — leur commune aversion pour le
mariage, — les deux frères différaient de goûts, de
caractère et de tournure. Tandis qu'Hyacinthe,
paisible, frileux et sédentaire comme un chat domestique, redoutait le bruit et les exercices violents, Germain était un marcheur infatigable et
un farouche chasseur. Grand , bien râblé, haut
en couleur, barbu , il avait l'œil vif , un nez
en bec d'aigle, de belles dents blanches et des
éclats de voix retentissants comme la fanfare
d'un cor. Tout le temps que lui laissaient les
achats et la vente était consacré à la chasse. De
septembre à mars, on entendait sa trompe et les
aboiements de ses chiens résonner dans les
grands bois qui avoisinent Villotte. Moins novice
qu'Hyacinthe et plus tourmenté par le sang , il
était aussi moins vertueux, et les mauvaises langues prétendaient qu'il se permettait de temps à
autre quelques escapades à Cythère ; mais il se
montrait sur ce point fort secret et réservé, et il
y a lieu de croire que ses aventures galantes se

bornaient à de brèves et brusques amourettes de chasseur.

Ces divergences de caractère n'empêchaient pas les deux frères de s'aimer et de vivre en bon accord. Ils s'étaient créé, en compagnie de la tante Lénette, un petit monde à trois qui leur suffisait. Du 1ᵉʳ janvier à la Saint-Sylvestre, leur vie coulait paisible et méthodique. En hiver, après la fermeture du magasin, ils se réunissaient dans la salle à manger du rez-de-chaussée, et attendaient l'heure du souper autour du poêle qui ronflait doucement. Hyacinthe lisait, Germain nettoyait son fusil, la tante tricotait, et l'unique servante, Catherinette, filait au rouet près de ses maîtres.

Le dimanche, Hyacinthe, qui était resté fort pieux, accompagnait à la grand'messe de Notre-Dame la tante Lénette, parée d'une antique robe de taffetas marron et d'un châle fond blanc à palmettes multicolores; au retour, on s'arrêtait chez le pâtissier de la rue Entre-Deux-Ponts, et on y achetait invariablement quatre petits pâtés chauds qui constituaient l'extra du dîner dominical, et qu'Hyacinthe emportait précieusement dans un papier gris.

En été, dès la Saint-Jean, la tante et Germain

allaient s'installer dans une ferme que la famille
possédait à Rembercourt, aux bords de l'Ornain,
et à six kilomètres de la ville. Mlle Lénette y
passait toute la belle saison ; elle y faisait sa ré-
colte de fruits, ses conserves et ses confitures, et
ne rentrait à Villotte qu'en octobre, pour la vendange et la lessive. La simplicité de ce modeste
train de vie permettait aux Lafrogne de réaliser
de belles économies. Leurs rentes montaient par
an à vingt-cinq mille francs ; ils en dépensaient
six mille à peine ; et le chiffre de ces revenus ac-
cumulés avait fini par doubler le capital. Les
gens de Villotte faisaient des gorges chaudes sur
les habitudes parcimonieuses des deux frères.
On les accusait d'être par trop *regardants*. La société bourgeoise les considérait comme deux ours
qu'il fallait renoncer à apprivoiser ; mais les boutiquiers, tout en se moquant de leurs toilettes et
de leurs allures, les estimaient à cause de leur
fortune et de leur solidité commerciale. Quant
au menu peuple, qui a une aptitude spéciale
pour saisir les rapports comiques des choses et
caractériser d'un mot les ridicules des gens, il les
avait surnommés « les deux Barbeaux », et le
nom leur était resté.

Les plaisanteries des habitants de Villotte

effleuraient à peine l'épiderme des « deux barbeaux ». Ils laissaient rire et, le dimanche soir,
en compagnie de la tante et d'un vieil ami d'Hyacinthe, nommé M. Nivard, ils se gaussaient à
leur tour des ménages de notaires et d'avoués où
l'on se ruinait en bons dîners, tandis que les enfants allaient à l'école en bas troués et que les
filles coiffaient sainte Catherine. — Ils se conso-
laient de tous les quolibets en savourant les joies
intimes de cette vie à trois que pas un nuage
n'avait troublée depuis la mort de Lafrogne
père.

La tante Lénette leur épargnait tous les soucis
du ménage. Ils ignoraient les agaçantes préoccupations qui empoisonnent la vie des célibataires. Ils trouvaient toujours leur linge préparé
à point et en parfait état, leur dîner servi au
coup de midi, leurs paletots d'hiver bien doublés
et douillets dès le premier givre, et leurs vêtements de toile fleurant la lessive, dès que les
chaleurs de juin dardaient dans les rues du
bourg. Rien ne leur manquait, et, pour achever
de leur dorer l'existence, de beaux biens au soleil les assuraient contre les hasards des crises
commerciales et les troubles des révolutions.

Leur ferme de Rembercourt était d'un bon

rapport, les futaies de leurs bois de Fains faisaient l'admiration du pays, et leurs vignes de la côte Notre-Dame, exposées en plein midi, dans une coulée qu'on nomme *le Cugnot* et où la réverbération de deux pentes caillouteuses ferait mùrir des oranges, leurs vignes donnaient un petit vin de pineau qui, pour son bouquet délicat et sa jolie couleur groseille, n'avait pas son égal dans toute la contrée.

Ils vivaient ainsi d'une vie bourgeoise et doucement heureuse, quand, un soir de mars **1862**, un incident fort inattendu jeta la perturbation dans ce milieu paisible, comme une pierre lancée dans un buisson met en émoi une bande d'étourneaux qui y picoraient tranquillement.

Le crépuscule était tout à fait tombé. Catherinette venait de poser la lampe sur le marbre du poêle, auprès duquel Hyacinthe lisait l'histoire de la *Belle Mélusine ;* Mlle Lénette dressait le couvert, et Germain, qui rentrait de la passe aux bécasses, était en train de déboucler ses guêtres boueuses, quand on heurta à la porte de la rue. Au bout de quelques secondes, Catherinette, qui était allée ouvrir, cria du fond du corridor :

— Mademoiselle, c'est le facteur qui a une

lettre pour vous... Il dit que c'est huit sous,
rapport à un affranchissement insuffisant.

— Insuffisant ! s'exclama Germain, diantre
soit des maladroits qui ne pèsent pas leurs lettres
avant de les jeter à la boîte.

— Faut-il la refuser? demanda la tante.

— Non, répondit le scrupuleux Hyacinthe en
interrompant sa lecture, il ne faut jamais refuser
une lettre... J'y vais.

Il s'enfonça dans l'ombre du corridor, à l'extrémité duquel la lanterne du facteur brillait
sous le porche comme un ver luisant ; puis,
ayant payé les huit sous, il rentra en soupesant
une enveloppe carrée bordée d'un large liséré
noir. — Elle pèse lourd, en effet, fit-il, elle est
timbrée de Paris et à votre adresse, ma tante.

— Voilà qui est bizarre, murmura la vieille
fille, qui devint rêveuse; lis-nous cela , Hyacinthe, moi je n'ai pas mes lunettes.

Hyacinthe déchira l'enveloppe et en tira une
feuille de vélin épais et cassant comme du carton.

— Sac à papier ! s'écria-t-il, quel luxe ! je ne m'é-
tonne plus que le poids ait été dépassé.

— Quand on se donne de ces genres-là, grommela Germain, on pourrait bien aussi faire la
dépense de deux timbres.

— Quelles pattes de mouche! poursuivait
Hyacinthe. — Il se rapprocha de la lampe et
parvint enfin à lire : « Ma chère parente... »

Il s'interrompit d'un air ébaubi. Germain, de
son côté, avait poussé une exclamation, et
Mlle Lénette, qui disposait les assiettes sur la
table, s'était arrêtée au milieu de sa besogne.

— Ah! dit-elle, ce doit être de votre cousine
de Paris. Continue, Hyacinthe.

Il reprit : — « Ma chère parente,

« Bien que nous nous soyons à peine connues, permettez-moi de me rappeler à votre souvenir dans les douloureuses circonstances où je
me trouve.

« Peut-être ignorez-vous encore le malheur
qui m'a frappée : M. de Coulaines, mon mari,
est mort il y a un an. Lorsque cette affliction
m'a été envoyée, j'étais tellement anéantie que
j'ai laissé à des amis le soin de vous en faire part,
et peut-être ma lettre de deuil ne vous est-elle
point parvenue. Veuillez m'excuser, et, bien que
l'éloignement ait depuis trop longtemps interrompu nos relations de famille, je ne doute pas
que l'excellente sœur de mon père ne sympa-
thise avec mes chagrins; aussi je me permets de
vous écrire pour vous demander conseil.

« Mon pauvre mari, qui était dans l'industrie,
est mort laissant des affaires fort embrouillées,
et, tout compte fait, il ne me reste plus qu'une
rente de trois mille francs. C'est bien peu,
même en province; à Paris, c'est presque la mi-
sère, surtout quand, comme moi, on a une fille
de dix-huit ans. Laurence vient de passer bril-
lamment ses examens à l'Hôtel-de-Ville, et elle
a un diplôme qui lui permettra de se caser
comme institutrice quelque part; mais, en attendant qu'elle trouve une bonne place, grâce aux
belles relations que nous avons conservées, j'ai
dû me préoccuper des nécessités de la vie et je
me suis résignée à quitter Paris pour m'établir
en province. Une fois ce parti pris, je devais naturellement songer à choisir pour résidence la
ville où je suis née et où j'ai encore des parents.

« Je viens donc vous prier, ma chère tante, de
vouloir bien m'aider de votre expérience. Je voudrais trouver un petit appartement modeste et
convenable tout à la fois, dans les prix de quatre
ou cinq cents francs. Mes cousins, dont je serai
heureuse de faire la connaissance, pourront sans
doute facilement me dénicher cela. Je n'attends
plus que votre réponse pour m'occuper de mon
déménagement, et je compte, si elle est favorable,

me mettre en route avec Laurence dès les premiers jours d'avril.

« Veuillez, ma chère parente, excuser la liberté
que je prends et agréer les affectueux respects de
votre nièce, qui vous embrasse de tout cœur,
ainsi que ses cousins.

« ROSINE DE COULAINES. »

Il y eut un moment de profond silence tandis
qu'Hyacinthe repliait machinalement le papier
qui craquait dans ses doigts.

— Voilà une tuile ! s'exclama tout à coup
Germain, il n'y a que des Parisiens pour agir
avec ce sans-façon !.. Une parente que nous ne
connaissons ni d'Ève ni d'Adam, et avec laquelle
en trente ans nous avons à peine échangé deux
lettres !

Mlle Lénette ne répondait pas. Elle restait rêveuse, les sourcils froncés, et semblait fouiller
dans ses souvenirs.

— Si ces dames viennent demeurer à Villotte,
nous aurons souvent leur visite ! ajouta Hyacinthe, qui se sentit un frisson dans le dos rien
qu'à l'idée d'être obligé de recevoir les deux
Parisiennes.

—Il faut jeter la lettre au panier, et voilà

tout ! reprit violemment Germain ; nous ne les avons jamais vues, et franchement nous ne pouvons pas de gaîté de cœur bouleverser notre vie pour deux étrangères...

— Ce sont vos cousines , les propres enfants de mon frère Thoiré, objecta Mlle Lénette sortant tout à coup de sa méditation.

— Mais , tante Lénette, vous ne nous aviez jamais parlé de ces parentes-là ?

— C'est vrai, je les avais quasi oubliées... Depuis son installation à Paris, mon frère Edme Thoiré nous avait un peu oubliés lui-même. Sa fille avait épousé un M. de Coulaines, un songe-creux qui avait la tête pleine de belles inventions et le gousset toujours vide. Je me souviens qu'il essaya une fois d'emprunter de l'argent à votre père ; Lafrogne refusa net, ce qui jeta un froid entre les deux familles, et depuis on cessa de s'écrire. Sa veuve et sa fille n'en sont pas moins vos proches parentes, mes enfants, et vos seules parentes.

— Bah ! ma tante , s'écria Germain, qu'a-t-on besoin de tant de parents ? A nous trois, nous nous suffisons et nous sommes heureux , c'est l'essentiel !

— Tu as raison, mon garçon , et je ne me

plains pas... C'est égal, poursuivit Mlle Lénette, en jetant un regard mélancolique vers le vieux baromètre pendu entre les deux fenêtres, je ne puis m'empêcher d'avoir un fond de tristesse quand je me reporte à cinquante ans en arrière, quand je songe comme notre famille était nombreuse et comme elle s'est fondue avec le temps!.. Si mon père Jean Thoiré revenait au monde, il serait bien marri en voyant sa maison sans enfants, lui qui prétendait qu'avec ses trois filles et son garçon il peuplerait toute la rue du Bourg... Je me rappelle que la dernière fois que nous nous sommes trouvés réunis, c'était à l'occasion de ton baptême, Germain. Mon frère Thoiré, le père de cette Rosine qui m'écrit, était venu exprès de Paris avec sa petite; il y avait aussi ma sœur Loulette, la religieuse; toute la famille était là. — *Ma fi!* dit mon père, puisque nous voilà tous en famille, il faut, avant la cérémonie, que je voie encore une fois mes enfants et petits enfants rassemblés sous le même plafond. — On monta donc dans la chambre verte où ta mère Mimi, qui relevait de ses couches, était alitée; toi, tu geignais doucement près d'elle, dans ta barcelonnette. Quand nous fûmes tous montés et rassemblés près de l'accouchée : — Ça, comptons-nous d'abord, reprit le père. — Et il se trouva que nous étions sept, en comptant la petite Rosine, Hyacinthe et le nouveau-né. On se plaça par rang d'âge; le père d'abord, puis mon frère Edme qui était l'aîné, puis Loulette, moi ensuite, enfin Mimi dans son grand lit, et les marmots près du berceau. — Allons, mes enfants, dit le père, je suis content de vous voir encore une fois tous dans ma maison... Embrassons-nous ! — Alors il embrassa sur les deux joues mon frère Edme, celui qu'on appelait Thoiré tout court, à cause de sa qualité d'aîné ; Edme embrassa Loulette, et ainsi le baiser de famille fit tout le tour du cercle jusqu'à la petite Rosine, qui te le donna, à toi Germain, en se haussant sur ses petons pour atteindre ta tête dans la barcelonnette haut perchée... Et, depuis, nous ne nous sommes plus retrouvés ensemble, ajouta la tante Lénette, en se mouchant bruyamment pour dissimuler son émotion.

Hyacinthe, de son côté, écrasait une larme dans les coins de ses yeux, et Germain alla gravement embrasser la tante.

— Voilà pourquoi, continua Mlle Lénette en replaçant son mouchoir dans sa poche toute bruissante de trousseaux de clés, il ne faut pas

se montrer trop dur pour cette cousine, qui est
une Thoiré, après tout... Néanmoins, mes enfants, vous êtes les maîtres, et ce que vous ferez
sera bien fait.

— Il suffit, ma tante, je leur écrirai demain
qu'elles peuvent venir, répondit Hyacinthe avec
un soupir.

— C'est entendu, fit Germain, et moi je m'oc-
cuperai de leur trouver un logement... Maintenant, si nous soupions !

II

Quinze jours après, Hyacinthe, prévenu par
un billet de Mme de Coulaines, endossait sa redingote noisette et se rendait à la station de Villotte pour y attendre ses cousines qui devaient
débarquer par le train de cinq heures. On entrait en avril ; mais, comme il arrive fréquem-
ment dans ce bon pays du Barrois, le renouveau
débutait mal. Un vent du nord-ouest chassait
dans le ciel de gros nuages noirs qui de temps
à autre crevaient en giboulées sur la ville; les
gouttières des chéneaux, inondées par ces brusques averses, débordaient bruyamment sur les
dalles des trottoirs, et dans les jardins du quai
des Gravières les pruniers en fleurs avaient
l'air de grelotter sous leur blanche toilette de
printemps.

Hyacinthe, tout en se morfondant près de la barrière qui le séparait de la voie, avait fort à faire pour abriter sa redingote sous un vaste parapluie d'alpaga marron. Un long sifflement arriva enfin du fond de la vallée à travers la rafale, et, peu après, le train haletant et fumant s'arrêtait sous la marquise de la station.

Dix ou douze paysans descendirent d'abord des wagons de troisième classe, puis deux dames à la tournure jeune sortirent d'un compartiment de première. L'aîné des Lafrogne, qui de sa vie n'avait voyagé qu'en troisième, regardait avec stupéfaction ces deux belles dames à l'élégante toilette noire, et, ne pouvant croire qu'elles fussent les deux parentes pauvres qu'il attendait, examinait encore s'il ne se trouvait pas sur le quai d'autres voyageuses répondant au signalement; mais tout le monde était bien descendu, et on refermait déjà les portières.

Les deux dames, relevant leurs jupes, hésitaient à quitter la marquise, et leurs regards inquiets semblaient chercher quelqu'un sur la chaussée où la pluie clapotait.

Hyacinthe prit son grand courage, s'approcha en secouant son parapluie ruisselant, et, s'adressant à la plus âgée, demanda timidement si ce n'était pas à madame de Coulaines qu'il avait l'honneur de parler. Puis, en rougissant, il ajouta :

— Je suis Hyacinthe Lafrogne.

— Oh! mon cher cousin, s'écria la dame avec volubilité, que je suis aise de vous voir!.. mais quel temps, dites-moi! Nous sommes déjà trempées...

Elle l'embrassa sans façon et lui présenta sa fille Laurence. Celle-ci, à demi-aveuglée par la pluie qui fouettait ferme, lui tendit la main, tandis que ses deux grands yeux noirs lorgnaient curieusement la figure falote de ce singulier cousin.

— Quel temps! répéta Mᵐᵉ de Coulaines; Laurence, occupe-toi de nos caisses.

On entra dans la salle des bagages. Ces dames en avaient à elles seules une charretée. Hyacinthe contemplait d'un air effaré cet empilement de malles et de sacs de voyage.

— Avez-vous une voiture, mon cousin? demanda Mᵐᵉ de Coulaines.

— Une voiture!.. non, mais j'ai amené avec moi notre garçon Césarin, qui transportera vos colis sur sa brouette. Quant à nous, ma cousine, nous pouvons partir à pied.

— A pied? Il pleut à verse! s'écria la dame en regardant le ciel ruisselant.

— Oh! ce n'est qu'une *allevasse* (une giboulée), balbutia humblement Hyacinthe, et nous ne demeurons pas très-loin de la gare.

Il donna ses instructions à Césarin; puis, rouvrant son large parapluie, il offrit le bras à Mme de Coulaines et l'on partit. Laurence, mal abritée sous son en-tout-cas, les suivait en sautillant de pavé en pavé, et de temps à autre jetait un regard mélancolique sur la boue qui mouchetait ses souliers molière à hauts talons. Ils traversèrent ainsi toute la rue Entre-Deux-Ponts, dont les boutiquiers, assis derrière leurs vitrines, examinaient sournoisement les deux Parisiennes escortées par l'aîné des Barbeaux.

— Nous voici chez nous, dit enfin Hyacinthe en heurtant à la porte de la rue du Bourg.

Catherinette était accourue au coup de marteau. Lafrogne introduisit dans le vestibule ses parentes, qui secouèrent sans façon leurs jupes trempées sur le carrelage blanc et noir scrupuleusement lavé et frotté chaque jour par la vieille servante.

Droite dans sa robe de laine et sous son bonnet de linge à grands tuyaux, Mlle Lénette, ac-

courue pour souhaiter la bienvenue à ses nièces,
se tenait sur le seuil de la salle à manger. Ses
yeux gris perçants dévisagèrent les deux Parisiennes, sans qu'un trait de sa physionomie
prudente et froide révélât ses impressions.
Elle embrassa gravement la mère et la fille et
reçut sans sourciller leurs bruyantes accolades.
Puis, comme Césarin venait d'arriver avec les
malles, elle engagea les deux voyageuses à
monter dans leurs chambres afin de changer de
vêtements.

L'appartement réservé à Mme de Coulaines et
à sa fille était situé au premier, sur la rue, en
face de celui où couchaient Mlle Lénette et Germain. Il se composait d'une grande pièce, dési-
gnée par les maîtres du logis sous le nom de la
« chambre verte », et d'un cabinet contigu où la
tante serrait ses robes et emmagasinait ses conserves.

— Voici votre chambre, Rosine, dit Mlle Lénette en poussant la double porte du palier, et
voici la vôtre, ma mie, ajouta-t-elle en désignant
à Laurence la porte vitrée du cabinet. Vous resterez avec nous jusqu'à ce que vous puissiez vous
installer dans le logement que Germain a retenu... Maintenant, mettez-vous à votre aise, et,

si vous avez besoin de quelque chose, appelez Catherinette.

Césarin venait de déposer en soufflant le dernier colis sur le parquet. Il redescendit avec la tante Lénette. — Ouf! dit-il en passant à Catherinette, en ont-elles emporté des *affutiaux*, vos Parisennes? J'en avais ma charge, vrai!

— Tout ça c'est des *arias* ! grogna la vieille servante, qui essuyait en rechignant le carrelage boueux du vestibule.

Pendant ce temps, Mme de Coulaines et sa fille, dépaysées comme des oiseaux qu'on a changés de cage, restaient gelées et immobiles au milieu de la chambre verte. — Austère, glaciale, sans feu, sans tapis, sans bourrelets aux portes, avec ses murailles tendues de verdures, sa glace en deux morceaux, ses fenêtres drapées de maigres rideaux de damas fané, cette pièce leur faisait froid dans le dos. Laurence, assise sur sa malle, considérait d'un œil morne la file des petits ronds de sparterie verdâtre qui allait de la porte d'entrée à celle du cabinet, comme pour indiquer aux pieds des hôtes qu'il ne fallait se poser que là, afin de respecter le parquet ciré et luisant comme un miroir. Elle inventoriait d'un air de pitié les fauteuils de paille, les vases de fleurs

artificielles, la toilette en forme de trépied antique,
le guéridon massif avec un dessus de marbre où
s'étalaient un sucrier de cristal taillé et la carafe
pareille. Tout ce luxe peu hospitalier des Lafrogne
avait pourtant arraché, la veille, une exclamation
admirative à Germain, lorsqu'il était venu jeter
un coup d'œil sur les apprêts de Mlle Lénette :
— Sarpejeu ! ma tante, s'était-il écrié, vous avez
bien fait les choses, et elles seront logées comme
des princesses !

A voir leurs mines dédaigneuses, elles ressemblaient en effet à des princesses, mais à des princesses exilées de leur royaume et regrettant
amèrement leur nid douillet et capitonné de la
rue du Bac.

— Brr ! soupira Laurence en secouant ses
épaules, c'est un tombeau que cette chambre...
Nos cousins ne font donc jamais de feu ?

— Que veux-tu ? reprit sa mère, ce sont les
habitudes parcimonieuses de la province... Nos
cousins sont fort riches et ils ne dépensent pas
leurs revenus.

— On s'en aperçoit, dit la jeune fille, je suis gelée et je n'aurai jamais le courage de m'habiller.

A la fin elles surmontèrent pourtant l'engourdissement qui les clouait sur place ; le sentiment

2.

des convenances joint à un réveil de coquetterie
les poussa à ouvrir leurs caisses et à procéder
minutieusement à leur toilette.

Laurence, qui venait de quitter le deuil, rem-
plaça son costume de voyage par une jolie tu-
nique de velours anglais à deux tons avec les
manches et la jupe de soie pareilles. Mme de Coulaines tira du fond de son coffre et revêtit une
élégante robe de faille noire. Tous ces apprêts
prirent du temps, et, quand les deux voyageuses
descendirent, il était sept heures, le souper était
servi. Mlle Lénette s'impatientait, et Germain,
qui rentrait de la chasse, affamé, commençait à
grogner contre les retardataires.

A la vue de leurs cousines, vêtues comme pour
une fête, les deux Barbeaux échangèrent avec
Mlle Lénette des regards effarouchés. Germain
salua gauchement, et la tante s'écria :

— Vraiment, ma nièce, vous avez eu tort de
faire des frais de toilette; avec nous il faut agir
sans cérémonie.

— Je vous assure, ma tante, répliqua Mme de
Coulaines, que telle n'a pas été notre intention.
Nous sommes habillées comme à notre ordi-
naire.

A leur ordinaire !.. Les deux frères en étaient

presque suffoqués. — Ainsi ces toilettes à tralala étaient leurs vêtements de tous les jours, et elles voyageaient en premières !

— Il n'est pas étonnant, pensaient-ils, qu'en vivant de la sorte elles aient mangé leur dernier sou. — Quant à Mlle Lénette, elle était souverainement choquée en voyant que sa nièce, veuve depuis un an seulement, portait déjà de la soie, ce qui paraissait scandaleux à Villotte, où les veuves portent au moins pendant deux ans leur deuil en laine. Dès ce premier soir, les deux Parisiennes furent étiquetées dans son cerveau comme des créatures frivoles et dangereuses, et Mlle Lénette ne revenait pas facilement sur ses premières impressions.

On se mit à table. Le souper avait été corsé de quelques plats de supplément, en l'honneur des nouvelles venues. Les radis et le beurre dans des bateaux de porcelaine blanche, la *rouelle* de veau garnie de champignons, le gigot rôti, la salade de barbe de capucin et le gâteau de riz parurent aux deux frères le *summum* des somptuosités gastronomiques, tandis que Mme de Coulaines et sa fille, imbues de cette idée toute parisienne qu'en province on a de tout à profusion et pour rien, trouvèrent ce menu d'une simplicité voi-

sine de la lésinerie. Au dessert, un fromage du
cru, des confitures, une assiette de poires tapées
et de cerises séchées au four, achevèrent de dé-
sillusionner ces dames sur les bombances de
leurs cousins de Villotte.

La nappe était à peine enlevée qu'on entendit
résonner le marteau de la porte d'entrée et que
Catherinette annonça M. Nivard, l'ami d'Hyacinthe.

— Oh! vous avez du monde? s'écria le visiteur
avant même d'avoir franchi le seuil de la salle
à manger, je ne veux pas vous déranger et je
m'en vais.

— Non, non, entre donc! répondit le candide
Hyacinthe, tu ne nous déranges pas, ce sont nos
cousines de Paris, Mmes de Coulaines...

Il s'en doutait parbleu bien, malgré ses mines
surprises, et la curiosité seule l'avait poussé à
venir ce soir secouer le marteau des Lafrogne,
afin d'être l'un des premiers à dévisager de près
les fameuses cousines.

Il se coula discrètement près du poêle, en saluant et en murmurant force excuses; puis il
s'assit juste en face des Parisiennes, qui, de leur
côté, examinaient avec une inquiétude mal dis-

simulée ce singulier spécimen des indigènes de
Villotte.

Delphin Nivard, célibataire de quarante-huit
ans et chef de bureau à la préfecture, offrait, en
effet, à l'analyse une particularité fort originale :
atteint d'une alopécie précoce, il avait la figure
complétement glabre. Pas un cil aux paupières,
pas un vestige de sourcils, pas un poil de barbe.
Sur ce visage rond, blafard et uni comme un
œuf, trois détails tranchaient seuls : une perruque brune coupant d'une ligne trop précise la
peau mate du front et des tempes, un nez bour-
geonné dénotant une persistante âcreté du sang,
et deux petits yeux verts dardant un regard
effronté et maladif entre deux paupières cligno-
tantes. A l'aspect de cette face pâlote et dévas-
tée, on se demandait quelle passion virulente
avait ainsi ravagé à blanc l'organisme de ce bureaucrate de province. Nivard passait à Villotte
pour un pince-sans-rire, très-friand d'histoires
scandaleuses et très-mauvaise langue. Sa conversation était malveillante et sa plaisanterie veni-
meuse, comme si son sang vicié eût fini par communiquer à son esprit une recrudescence de ma-
lignité.

Dès qu'il fut installé devant son verre de *figno-*

lette, il se mit à parler, s'adressant ostensible-
ment à Mme de Coulaines, qu'il finit par inter-
roger sur les embellissements de Paris.

La dame, qui était bavarde, ne se fit pas prier
pour répondre. Elle n'était pas fâchée d'éblouir
sa tante et ses cousins par les détails des plaisirs
de la grande ville et l'étalage de ses brillantes
relations. Avec l'étourderie d'une linotte, elle
effleurait les sujets les moins canoniques : les
actrices en renom, les spectacles à la mode, les
derniers scandales parisiens ; — toutes choses
qui choquaient beaucoup plus Mlle Lénette qu'elles ne l'émerveillaient. La dévote demoiselle hochait la tête, en trouvant ce babillage singuliè-
rement déplacé. Hyacinthe rougissait au moindre
mot un peu léger. Quant à Nivard, tout en donnant la réplique à Mme de Coulaines, il ne laissait pas de lorgner Mlle Laurence, qui s'était accoudée au marbre du poêle et écoutait la conversation avec une moue dédaigneuse.

Les petits yeux égrillards et perçants du chef
de bureau semblaient prendre plaisir à se fixer
sur cette jolie personne dont le teint blanc, le
regard expressif, le profil de médaille s'accusaient
doucement sous la lumière dorée de la lampe. Les
œillades de Nivard se prolongeaient avec une

telle insistance qu'elles finirent par agacer Germain, qui, rencoigné dans l'ombre, contemplait
aussi sa cousine avec un mélange de défiance et
d'admiration.

Le sauvage chasseur était ébaubi et scandalisé
tout à la fois de l'élégance recherchée de sa mignonne parente. Ses yeux curieux étudiaient
timidement les détails de cette toilette de jeune
fille qui lui apparaissait comme l'épanouissement
d'un luxe inconnu et raffiné : — les petits souliers mordorés et décolletés laissant voir un fin
bas bleu à coin brodé de noir ; le corsage bombé
où achevait de se faner un bouquet de violettes
acheté à la gare avant de quitter Paris ; le cou
bien dégagé et se mouvant avec une grâce aisée
dans la blancheur d'un grand col évasé, les cheveux noirs ébouriffés avec art et retombant sur
le dos en longues grappes qu'un ruban cerise
nouait à la hauteur de la nuque. — Tout cela
dégageait un parfum étrange de civilisation mondaine qui intriguait Germain et le troublait.

La voix traînante et profonde de la cloche de
la tour de l'horloge, sonnant le couvre-feu, interrompit cette périlleuse contemplation et mit fin
au babil de Mme de Coulaines. Les habitudes de
la maison étaient inflexibles ; on s'y couchait et

on s'y levait à la cloche du beffroi. — Nivard,
qui était au courant du régime des Barbeaux,
prit congé de la compagnie. Les deux frères
allèrent faire leur tournée dans les magasins.
Mlle Lénette, ayant conduit elle-même ses parentes jusqu'à leur appartement et allumé leur
bougie, les embrassa gravement en leur souhaitant une bonne nuit.

Le lendemain Laurence de Coulaines, réveillée
par les voix criardes des laitières qui parcou-
raient la rue du Bourg, eut un moment d'angoisse
et de stupéfaction en ne se retrouvant pas dans
sa petite chambre de la rue du Bac. Elle ne savait
plus où elle était. Le grain rude des draps, dont
la toile était filée chez Mlle Lénette, la rappela au
sentiment de la réalité.

Elle se frotta les yeux, regarda autour d'elle et
poussa un soupir à la vue de son étroit cabinet
éclairé par le jour grandissant. Les murs, tapissés de papier gris, étaient uniquement garnis
dans toute leur longueur de porte-manteaux vides
et de rayons sur lesquels s'étalaient les pots de
confitures et les bocaux de conserves de la tante
Lénette. Au milieu de cette pièce démeublée, le
lit de fer sans rideaux, la table de bois blanc servant de toilette et deux chaises de paille formaient

un ensemble si pauvre et si peu confortable que Laurence fut près d'en pleurer. Ne se sentant pas d'humeur à paresser dans un aussi triste séjour, elle sauta hors du lit, chaussa ses pantoufles et courut à la fenêtre.

Dès qu'elle eut poussé les persiennes, le spectacle du dehors la rasséréna. Un joli soleil de printemps emplissait la rue, jetant des touches rosées sur les sculptures des façades grises et rayant d'éclairs argentés les pavés encore humides. Des jardinières longeaient la chaussée, roulant sur leurs brouettes des *charpagnes* pleines de légumes et criant d'une voix chantante « les panais, les carottes et les choux ». En haut, les hirondelles revenues caracolaient dans l'air, avec de petits cris, et frisaient de leurs ailes noires les corniches des toits. Aux deux extrémités de la rue, des côteaux de vigne, fermant l'horizon, découpaient leurs terres brunes sur le ciel bleu.

L'espoir, quand on a dix-huit ans, ne replie jamais son aile. Il se mit à reprendre l'essor dans le cœur de Mlle de Coulaines, ragaillardie par cette claire matinée de printemps et par la chanson argentine des cloches d'église qui tintaient pour la première messe.

Elle laissa ses fenêtres entr'ouvertes et, se

remuant avec précaution pour ne pas éveiller sa
mère, qui aimait à faire la grasse matinée, elle
commença gaîment sa toilette. Mais, quand elle
eut versé dans sa cuvette le contenu d'un pot à
eau et d'une carafe, elle s'aperçut qu'elle avait
épuisé sa provision d'eau. Habituée à s'inonder
d'abondantes ablutions, Laurence fit une moue
désappointée en se voyant réduite à la portion
congrue : — Quoi! murmura-t-elle, ils écono-
misent même l'eau!

Tant pis, advienne que pourra! — Elle était
résolue à aller bravement en quérir elle-même
une pleine cruche à la cuisine. Elle s'enveloppa
dans un peignoir, noua en une seule torsade son
épaisse chevelure qui tombait en moutonnant
jusqu'à la souple cambrure de sa taille, puis elle
entr'ouvrit doucement la porte, se glissa dans le
couloir... et tout à coup recula avec un cri effarouché jusque dans sa chambre, dont elle referma
précipitamment la porte.

Germain était sur le palier. Il projetait d'aller
dans les bois de Rembercourt essayer un chien
et il venait de quitter sa chambre, boutonné
dans sa veste de chasse et guêtré jusqu'aux genoux. Dans l'ombre bleue du couloir, il eut le
temps d'apercevoir sa jeune cousine tenant le

pot à eau d'une main, et de l'autre serrant sur sa
poitrine son peignoir attaché à la hâte. Cela dura
à peine une seconde. Il entrevit dans un éblouissement un blanc visage éclairé par deux grands
yeux noirs, au milieu d'un nuage de cheveux à
demi dénoués, puis il y eut comme un envolement
de toutes ces choses charmantes, et la vision
s'évanouit derrière la porte brusquement close.

Le cadet des Lafrogne rougit jusqu'à la racine
des cheveux. Fort embarrassé lui-même, il eut
d'abord bonne envie de battre en retraite ; puis
le sentiment des devoirs de l'hospitalité et peut-
être aussi quelque diable le poussant, il hésita,
revint gauchement sur ses pas, et s'approchant
de la porte du cabinet :

— Ma cousine ? murmura-t-il d'une voix étranglée.

Profond silence de l'autre côté de la cloison.

— Ma cousine, répéta-t-il en grattant timidement à la serrure, désirez-vous quelque chose ?

La porte s'entre-bâilla, et une jolie figure, illuminée d'un sourire, se pencha hors de l'entrebâillement.

— Pardon, mon cousin, j'aurais désiré de
l'eau... Voudriez-vous prier la servante de m'en
monter une cruche ?

— Je vais moi-même vous en chercher à la pompe, balbutia Germain légèrement troublé.

Il s'éloigna d'un pas rapide. Cinq minutes s'écoulèrent, puis le vigoureux chasseur reparut portant un énorme broc de grès tout ruisselant d'eau fraîche.

Il gratta de nouveau contre la cloison :

— Voici le broc plein d'eau, ma cousine.

— Bien, mon cousin, ayez la bonté de le poser près de la porte.

Il obéit et s'éloigna ; mais, arrivé sur la première marche de l'escalier, il s'arrêta et se retourna curieusement.

La porte s'était rouverte à demi, un bras nu en sortit, un joli bras blanc et potelé avec un petit signe noir au-dessus du coude, s'empara du broc, tandis qu'une voix rieuse répétait : — Merci, mon cousin !

Ce fut tout ; mais pendant le reste de la journée, sous les branches tombantes des grands hêtres de Rembercourt, Germain eut de notables distractions. Tout en foulant la mousse des sentiers, il revit, non sans émotion, le spectacle affriolant de cette blanche figure aux cheveux moutonnants, de ces beaux yeux pleins de sourires et de ce bras nu avec le petit signe noir au-dessus du coude.

III

Quelques jours après, le mobilier des dames de Coulaines étant arrivé, elles s'installèrent dans l'appartement que Germain avait loué pour elles rue des Saules. L'arrangement de leur nouvelle demeure prit une semaine entière et eut le don de déplaire à Mlle Lénette. Le salon surtout, encombré de toutes les épaves de l'ancien luxe de la veuve, scandalisa fortement la vieille demoiselle, qui n'admettait pas qu'on se permît d'avoir tant de babioles superflues quand on manquait du nécessaire. Les bibelots épars sur des étagères, le reps bleu fané des fauteuils, le tapis étendu sur le parquet, les jardinières ornées de fleurs naturelles, choquaient tous ses principes d'économie domestique. Il y avait surtout un petit lustre de fabrication moderne, à pandeloques

frissonnantes, terminées par une clochette de
cristal à laquelle se heurtait chaque fois la tête
de Mlle Lénette ; cette clochette agaçait particu-
lièrement les nerfs de la bonne dame et attirait
de vertes observations aux deux Parisiennes.

Dans les premiers temps, Mlle Lénette avait
cru de son devoir de donner des conseils pratiques à ses parentes, et même de critiquer doucement leur façon de vivre. Elle leur avait insinué
qu'au lieu de se lever entre dix et onze heures du
matin, elles feraient mieux d'aller elles-mêmes
au marché ; elle s'était permis de critiquer ces
longues heures employées à jouer du piano, à
lire des journaux de modes ou à confectionner
d'inutiles bandes de tapisserie ; elle avait voulu
les initier aux détails des lessives bisannuelles,
telles qu'on les pratique en province, et leur
enseigner des recettes pour la fabrication des
conserves. Mais ses conseils avaient été reçus
froidement, parfois même avec des gestes d'impatience mal dissimulée, et, comme la tante Lénette était de son côté peu endurante, elle avait
pris le parti de s'abstenir de marquer à ses nièces
un intérêt dont elles semblaient faire si peu
de cas.

— Cela les regarde, après tout, avait-elle dit

un soir à Hyacinthe, les conseilleurs ne sont pas
les payeurs, et on ne me prendra plus à me
mêler des affaires des autres... Ce que je vois et
ce que j'entends chez tes cousines me fait bouillir
le sang : la fille est mal élevée, la mère n'a pas de
cervelle, et leur ménage est tenu en dépit du sens
commun.

En effet, peu à peu les relations entre les deux
familles devinrent assez rares ; on arriva à ne
plus se voir que de loin en loin et en visites de
cérémonie. Le départ de Mlle Lénette pour sa
ferme de Rembercourt acheva de défaire des liens
qui n'avaient jamais été bien solidement noués,
et avant la fin de la première année de séjour à
Villotte Mme de Coulaines, complétement revenue
des illusions qu'elle avait fondées sur les bonnes
dispositions de ses parents de province, regret-
tait déjà la pensée qu'elle avait eue de s'exiler
dans ce trou de petite ville.

La mère et la fille s'ennuyaient ferme dans ce
pays perdu, où les distractions n'abondent point
et où elles n'avaient aucune relation agréable.
Les journées leur semblaient démesurément longues ; elles en étaient venues, de dépit, à imiter
les bourgeois de Villotte et à se coucher à la cloche de neuf heures.

Parfois Mme de Coulaines, regardant la jolie figure de sa fille, se disait : — Si seulement je pouvais marier Laurence, comme je m'en retournerais vite à Paris ! — Et Laurence, promenant languissamment ses belles mains blanches sur les touches de son piano, songeait à son tour que le mariage seul pouvait la tirer de l'impasse où elle végétait. Il y avait des moments où elle se sentait prête à se jeter à la tête du premier venu, pourvu qu'il eût un peu de fortune et de tournure.

Le pis était que les prédictions de Mlle Lénette se réalisaient et que les deux femmes, incapables de régler leur dépense, ne parvenaient jamais à joindre les deux bouts. Elles avaient déjà des dettes criardes dans le quartier, et la nécessité poussa Mme de Coulaines à accepter une proposition qu'elle avait d'abord rejetée avec dédain, quand sa tante la lui avait transmise : elle se résigna à solliciter la protection de Delphin Nivard pour obtenir des copies de rôles aux contributions directes. Celui-ci, du reste, ne se fit pas prier et il mit à obliger la veuve un empressement et un zèle exceptionnels.

— Ah ça, disait Germain étonné, elles ont donc jeté un sort à Nivard ?.. Quel intérêt ce diable d'homme peut-il avoir à leur être agréable ?

Germain ne devait pas tarder à être fixé. Un jour qu'il travaillait seul au magasin avec Hyacinthe, ils virent entrer le chef de bureau, qui amena doucement la conversation sur les dames de Coulaines, et, après s'être apitoyé sur leur situation précaire, insinua que la veuve devrait songer à marier sa fille.

— Où en voulez-vous venir? demanda brusquement Germain. Avez-vous un gendre à lui proposer?

— Peut-être bien, répondit mystérieusement le bureaucrate avec un sourire qui plissa la peau de sa face glabre.

— Ah! ah! grommela Germain d'un ton peu enthousiaste, quel est donc l'étourneau qui s'est mis en tête d'épouser une fille sans dot?

— Ce n'est pas un étourneau, répliqua gravement Nivard, mais un homme mûr et offrant des garanties sérieuses.

— Son nom?

— Mon Dieu, c'est moi.

— Vous, Nivard?

Hyacinthe, dans son ahurissement, laissa tomber un pâté sur son grand livre et Germain lança un éclat de rire qui fit trembler les vitres.

— Oui, moi, répondit l'autre interloqué, qu'y a-t-il là de si risible?

— Maître Nivard, s'exclama Germain, avez-vous bien vu ma cousine?

— Certainement.

— Savez-vous qu'elle a dix-huit ans, qu'elle est en pleine séve, qu'elle est jolie comme une fleur et fringante comme une jeune pouliche?

— Eh bien !.. après?..

— Après?.. Vous êtes-vous jamais regardé, vous, dans un miroir?

Il l'empoigna soudain par le bras et le fit pirouetter devant la glace du bureau, où Nivard effaré vit tout à coup se réfléter sa perruque, ses paupières sans cils, sa face blafarde et son nez enflammé.

— Regardez-vous-y bien une bonne fois, continua brutalement Germain, et demandez-vous si vous êtes le ragoût dont se soucie une fille comme Laurence?.. mais, malheureux, rien que d'y penser, cela devrait faire dresser tous les poils de votre perruque !

— Là ! là ! Germain, balbutia Nivard qui mordait ses lèvres minces et s'efforçait de se dégager de l'étreinte de Lafrogne cadet, ne vous échauffez pas de la sorte... Je vois suffisamment que

je ne dois pas compter sur vous, et que vous refu-
sez de me servir.

— Non-seulement je refuse, mais je vous promets de vous desservir de tout mon pouvoir... Je
m'en voudrais toute ma vie d'avoir prêté la main
à une pareille sottise !

La conversation menaçait de s'envenimer,
quand Hyacinthe jugea à propos d'intervenir. Il
fit remarquer prudemment à son frère que Mme de
Coulaines seule avait le droit d'examiner la re-
quête de Delphin Nivard, et qu'elle pourrait re-
procher à ses parents de ne point la lui avoir
transmise. Bref, il calma le chef de bureau en
lui promettant d'aller le soir même chez ses cousines, et de lui rapporter leur réponse.

L'honnête Hyacinthe s'acquitta de sa commis-
sion en conscience, mais au seul nom de Nivard,
Mme de Coulaines jeta les hauts cris : — Se mo-
que-t-on de moi ! s'exclama-t-elle, et croit-on que
je veuille jeter ma fille dans les bras d'un pareil
carême-prenant ?

Quant à Laurence, elle partit d'un éclat de
rire et répondit dédaigneusement qu'elle ne se
sentait aucun goût pour le métier de garde-ma-
lade.

Delphin Nivard fut blessé au vif de ce refus,

sur lequel il ne comptait pas. Il s'imagina que
Germain n'était pas étranger à sa déconvenue,
et son amour-propre froissé lui mit au cœur une
âcre rancune doublée d'un violent désir de vengeance. Il n'en fit rien voir, estimant, comme
M. de Talleyrand, que la vengeance est un mets
qui se mange froid ; mais il se jura que le diable
n'y perdrait rien, et qu'il saisirait la première
occasion de faire payer aux Lafrogne l'amertume
de son humiliation.

Quant à Mlle Lénette, lorsqu'elle apprit les
velléités matrimoniales de Nivard et le refus de
Laurence, elle haussa les épaules : — Il est fou,
dit-elle, épouser une jeunesse à son âge et avec
sa figure ! Les hommes ne doutent de rien, *ma fi !*
et Laurence a bien fait de lui rabattre le caquet...
Je suis aise de voir que cette petite fille a encore
assez de bon sens pour ne pas se donner au premier chien coiffé, et il faudra qu'un de ces jours,
quand nos vignes seront *chavées*, je me mette
en quête d'un honnête garçon qui consente à
l'épouser.

Malheureusement, la tante Lénette ne devait
pas voir refleurir ses vignes. Vers la mi-carême,
elle prit froid pendant une longue station à
l'église, et fut forcée de s'aliter. Elle avait

soixante-quatorze ans, et à cet âge-là les fluxions de poitrine ne pardonnent guère. Deux jours après, elle était à toute extrémité, et le curé de Notre-Dame lui administrait les derniers sacrements.

Quand elle se trouva seule avec ses neveux, après le départ du prêtre : — Mes enfants, dit-elle, c'est fini, je sens que je m'en vais.

Les deux Barbeaux étaient atterrés. Habitués à voir la tante alerte, droite et robuste, ils s'étaient imaginé que leur intimité à trois ne se briserait jamais, et ils ne pouvaient croire à un si brusque dénoûment. — Ce n'est pas possible, tante Lénette, murmurait Hyacinthe en sanglotant ; Dieu n'aura pas la cruauté de vous enlever ; il faut que vous nous restiez... que deviendrions-nous, si vous n'étiez plus là ?

— C'est vrai, reprit la tante, c'est un gros crève-cœur de se quitter quand on s'aimait comme nous nous aimions... Vous n'êtes guère habitués à vivre seuls, mes pauvres enfants !.. Hyacinthe, tu trouveras les clés des armoires dans mon secrétaire, tout le linge est rangé par douzaines... Qui s'en occupera maintenant de votre pauvre linge, et quel malheur que je n'aie pu durer au moins jusqu'à la prochaine lessive !.. Germain, *mon fi*, n'oublie pas de faire *chaver* nos vignes au commencement d'avril... Hélas ! je dis nos vignes, comme s'il ne fallait pas quitter toutes les choses de la terre...

Les sanglots étouffaient les deux frères, et à ces derniers mots ils éclatèrent violemment.

— Ne pleurez pas, continua plus faiblement Mlle Lénette, laissez-moi bien vous regarder encore une fois, et embrassons-nous.

Ils l'embrassèrent tous deux. L'effort qu'elle avait fait pour leur parler l'avait épuisée, elle commençait à suffoquer. Au bout d'une grosse demi-heure de silence, elle releva la tête et demanda si ses nièces avaient été prévenues.

— Oui, ma tante, répondit Germain, elles sont venues trois fois depuis hier, mais je n'ai pas voulu les laisser monter de peur de vous fatiguer.

— Envoie-les chercher, murmura Mlle Lénette, ce sont nos seules parentes... Il faut être bons pour elles !.. Je veux les embrasser aussi...

Un nouvel étouffement lui ôta la parole. Hyacinthe avait fait mander Mme de Coulaines et sa fille ; mais avant qu'elles eussent fait le trajet de la rue des Saules à la rue du Bourg, l'ange de la mort, dont le vol silencieux va plus vite que les

pas humains, était entré dans la maison Lafrogne
et avait frôlé de son aile les yeux et les lèvres de
la tante. Quand les deux nièces arrivèrent essouf-
flées au haut de l'escalier, Mlle Lénette avait cessé
de vivre.

Le spectacle était navrant. Catherinette venait
de fermer les yeux de la morte et d'allumer deux
cierges à son chevet. Hyacinthe s'était affaissé
dans un fauteuil ; Germain, comprimant violemment ses lèvres avec son mouchoir, allait et venait
comme une âme en peine à travers cette antique
chambre où Mlle Lénette avait passé une bonne
partie de son existence. Les vêtements qu'elle
avait quittés l'avant-veille étaient encore épars
sur des chaises, conservant dans leurs plis quelque chose de la personnalité de celle qui n'était
plus. A côté de l'étui à lunettes, le vieux paroissien à reliure brune était resté sur la cheminée
où elle l'avait déposé en rentrant de l'église ;
mais la tante Lénette ne devait plus en tourner
les feuillets jaunis, elle ne devait plus agrafer
autour de sa longue taille l'austère robe de mérinos tant de fois portée. Toute cette bonne vie
familière d'autrefois, cette tranquille intimité
était à jamais détruite.

Tandis que Mme de Coulaines et Laurence,

agenouillées devant le lit, murmuraient une prière pour cette vieille fille qu'elles avaient peu connue et qu'elles n'avaient guère aimée, Hyacinthe exhalait sa douleur en plaintes entrecoupées, pleines d'une naïve amertume.

— Elle est partie... Nous ne la verrons plus !.. Si seulement elle avait été longtemps malade, mais non, morte en deux jours, là, d'un coup... Ah ! c'est trop dur !..

A la brune, les cloches de Notre-Dame se mirent à sonner *en mort*. Toute la nuit, les deux Barbeaux veillèrent près de la défunte, et le lendemain à midi, la tante Lénette s'en alla reposer auprès de sa sœur et du père Thoiré, dans le cimetière Sainte-Marguerite, plein d'arbres, plein de grandes herbes, d'où l'on voit les côteaux de vigne verdoyer et les maisons de Villotte fumer au soleil levant.

IV

Pendant les premiers mois qui suivirent la
mort de Mlle Lénette, les deux frères furent trop
abasourdis pour sentir toute la gravité de la perte
qu'ils venaient de faire. Ils vivaient automatique-
ment sans s'inquiéter de ce qui se passait autour
d'eux ou au dehors. Ils laissaient la direction du
ménage à Catherinette, ne voulant voir personne,
se mettaient à table sans appétit, mangeaient sans
savoir ce qu'on leur servait, et ne prenaient plus
goût à rien. Hyacinthe errait çà et là comme un
corps qui a perdu son âme; Germain ne pensait
plus à la chasse, et ne mettait plus les pieds au
bois.

Parfois seulement, à la fine pointe du jour, ils
se glissaient furtivement, chacun de son côté,
hors du logis. Ils filaient discrètement par des

ruelles détournées et étaient tout étonnés de se retrouver au détour d'une allée du cimetière. Ils restaient là une bonne partie de la matinée, sans se dire trois paroles, tout occupés à jardiner autour de la fosse de la tante Lénette. Les pluies d'avril avaient déjà tassé la terre, ils y avaient fait planter des fleurs et ils les arrosaient silencieusement.

Mais quand ce lourd engourdissement se fut peu à peu dissipé et qu'ils rentrèrent dans la vie consciente et active, alors ils commencèrent à sentir combien la défunte leur manquait. Une attaque de paralysie, les privant tout d'un coup de leurs yeux et de leurs jambes, les eût rendus moins impuissants et désorientés que cette brusque mort de Mlle Lénette.

Habitués à se reposer sur la tante pour toutes les choses du ménage, ils n'entendaient rien au gouvernement d'une maison, et les moindres détails domestiques prenaient pour eux l'importance d'une affaire d'État. Qu'il s'agit de commander le menu d'un dîner ou de renouveler leur garde-robe, ils se regardaient tous deux avec des yeux ahuris, et finissaient par s'en remettre aveuglément à la décision de Catherinette.

Or celle-ci, qui avait toujours été un instru-
ment passif entre les mains de Mlle Lénette,
manquait absolument d'imagination et d'initia-
tive. Les deux Barbeaux dînaient mal : au milieu de l'abondance de toutes choses, ils étaient
privés de ces gâteries et de ces petits soins que
la sollicitude de la tante leur prodiguait, et que
l'habitude leur avait rendus nécessaires comme
le pain et le sel.

Ils s'embrouillaient dans ces trousseaux de
clés que Mlle Lénette maniait avec tant de dex-
térité. Au fond de ces profondes armoires où la
tante rangeait le linge avec un ordre méthodique
dont elle avait emporté le secret, les deux infor-
tunés ne savaient rien trouver. Ils passaient des
heures à chercher un mouchoir de poche ; puis,
de guerre lasse, après avoir bouleversé tous les
rayons, ils s'asseyaient découragés en face des
piles de linge effondrées, et murmuraient d'un
ton lamentable : — Ah ! si la tante était là !

Un soir de mai, après une journée dépensée à
l'une de ces laborieuses recherches, le souper
fut plus détestable encore que de coutume.
Catherinette avait servi à ses maîtres deux plats
qui leur étaient antipathiques : une langue braisée

et des œufs à l'oseille. Par surcroît, la salade, mal assaisonnée, n'était pas mangeable. Les deux frères, assis devant leurs assiettes intactes, restaient taciturnes, fatigués et maussades, quand Germain, posant brusquement sa fourchette, murmura ces mots, qui semblaient la conclusion d'un long soliloque intérieur : — Non, vrai, ça ne peut pas durer plus longtemps !

— Qu'est-ce qui ne peut pas durer, cadet ? demanda Hyacinthe, tiré à son tour de sa méditation par l'exclamation de son frère.

— Eh ! la vie que nous menons... Nous sommes bien portants, encore jeunes et fort à notre aise, et avec cela nous vivons plus misérablement que le dernier des tisserands de la rue de Véel.

— C'est vrai, mon camarade, mais c'est la faute des circonstances, et nous n'y pouvons rien... Ah ! si la pauvre tante Lénette était là !

— Oui, si elle était là, les choses iraient autrement ; mais enfin la chère femme est partie, et nous ne pouvons pas passer le restant de nos jours à nous lamenter, tandis que la maison s'en va en désarroi... Nous ne sommes plus des enfants, Lafrogne, et il faudrait pourtant prendre un parti.

— Quel parti, Germain ?

— Ah ! voilà !.. dit le cadet, en pliant lentement sa serviette ; tu vas pousser les hauts cris, et je sais bien que ma proposition a son mauvais côté, mais de deux maux il est sage d'éviter le pire... Donc je pensais que Catherinette est vieille, qu'elle ne peut suffire à tout et que... bref, il serait urgent qu'il y eût une femme à la maison.

— Hum ! répliqua Hyacinthe qui écoutait en trempant une croûte de pain dans son vin pur, c'est chanceux... Si nous prenons une femme de charge qui nous volera et deviendra une façon de servante-maîtresse, ce sera tomber de fièvre en chaud mal.

— Qui te parle d'une mercenaire ? riposta Germain ; non, il nous faut une femme qui veille à nos affaires avec un dévouement qu'on ne trouve pas chez une domestique, et pour cela il faut que l'un de nous se marie.

— Oh ! oh ! oh ! se récria Hyacinthe sur trois tons différents... Y songes-tu ? A nos âges, avec nos habitudes, introduire ici une étrangère qui n'aura ni nos goûts, ni nos façons de vivre, et qui d'aventure prendra en grippe celui de nous qui deviendra son beau-frère ?.. C'est dangereux.

— Il le faut ! répéta nettement Germain, et, si la pauvre tante pouvait parler, je crois qu'elle nous donnerait ce conseil.

— Oui, si nous pouvions rencontrer une seconde tante Lénette… murmura Hyacinthe, devenu rêveur.

— Un peu plus jeune pourtant ! objecta Germain.

— Le choix n'est pas facile, poursuivit l'aîné des Barbeaux ; par le temps qui court, où trouver une femme qui puisse s'intéresser à nos affaires et s'habituer à notre régime ?

— Qui sait ? Nous n'aurions peut-être pas à l'aller chercher bien loin… il me semble que nous l'avons sous la main.

— Et qui donc ?

— Notre cousine de Coulaines.

— La mère ou la fille ? demanda ingénûment Hyacinthe, un peu effaré.

— La mère est un peu mûre, répondit Germain en faisant la grimace ; non, je parle de la fille, naturellement.

— Laurence ! s'écria l'aîné en joignant les mains, mais elle a dix-neuf ans à peine.

— Tant mieux, elle n'a pas encore eu le temps

de prendre de mauvais plis, et nous la façonnerons à notre gré.

— Mais la différence d'âge ?.. Ne te souviens-tu plus de ce que tu disais à Nivard ?

— Nivard est usé, et nous sommes verts et gaillards... Et puis songe que du moment où nous nous décidons au mariage, il est plus prudent de prendre une femme dans notre parenté; notre fortune ne sortira pas de la famille, et, de plus, Laurence, qui est pauvre, sera liée à nous à la fois par le sang et par la reconnaissance. En choisissant une étrangère, nous nous exposerions aux mêmes risques sans rencontrer les mêmes avantages.

Germain prêcha si bien qu'il finit par convaincre Hyacinthe ; ils tombèrent d'accord que le choix devait s'arrêter sur Mlle de Coulaines. — Elle est un peu jeune, murmurait Hyacinthe en vidant son verre à petits coups, mais enfin... va pour Laurence !

— Affaire entendue ! s'exclama Germain en secouant la main de son frère ; maintenant il ne s'agit plus que de décider lequel de nous se mariera.

— Quelle plaisanterie ! reprit Hyacinthe, c'est toi, naturellement. Tu es le moins âgé, et, entre nous, j'ai cru déjà m'apercevoir que la jeune personne ne t'était pas indifférente...

— Peuh ! fit l'autre, j'avais du plaisir à la regarder, mais elle me plaira tout autant comme belle-sœur que comme femme... D'ailleurs, tu es l'aîné, et c'est à toi que revient l'honneur d'être chef de famille.

— Merci de l'honneur ! dit Hyacinthe en se levant pour protester, je te cède mon droit d'aînesse. Je suis timide, gauche, quinquagénaire, je serais un trop triste sire aux yeux d'une femme.

— Allons donc ! tu es doux, tranquille, d'humeur agréable et accommodante ; c'est ce qu'il faut dans l'état du mariage, tandis que moi, avec mon caractère entier, bourru, et avec mes mœurs de chasseur, je suis un ours trop mal léché... C'est toi qui iras devant M. le maire.

— Non, non, Germain ! s'écria le malheureux Hyacinthe d'une voix suppliante, les femmes me font peur.

— Et moi, je les épouvante...

— Voyons, cadet, soyons sérieux... Tout à l'heure, tu m'as persuadé que la maison péricliterait si l'un de nous ne se mariait point, et je

suis tombé d'accord avec toi... mais je pensais
que tu te chargerais de l'affaire.

— Moi ! j'avais au contraire l'idée que la chose
te revenait de droit.

— Non, décidément, je suis trop vieux.

— Et moi trop grognon !

Ils restèrent un moment silencieux, se prome-
nèrent les yeux baissés et la mine perplexe ; puis,
venant à se rencontrer et à se regarder en face,
ils se mirent à rire mélancoliquement.

— Il faut pourtant prendre une résolution,
reprit Hyacinthe.

— Eh bien, tirons au sort, répliqua Germain,
sans quoi nous n'en finirons jamais.

Il prit son carnet, en arracha deux feuillets
sur lesquels il écrivit séparément le nom d'Hyacinthe et le sien ; puis, les ayant pliés et jetés
dans son chapeau : — Choisis ! s'écria-t-il ; celui
dont le nom sortira se vouera au *conjungo*.

— Un instant ! dit Hyacinthe, qui surveillait
avec terreur les apprêts de son frère, il faut faire
les choses en forme, afin que celui qui tombera
au sort ne puisse accuser l'autre d'avoir triché...

Il appela Catherinette par la fenêtre de la
cour, et quand elle se présenta :

— Ma fille, continua-t-il, tu vois ce chapeau...

4

Il y a dedans deux billets ; tu vas fermer les yeux et en prendre un au hasard.

Catherinette regardait alternativement les deux frères d'un air hébété, et se demandait si les deux Barbeaux ne devenaient pas fous. Pourtant, sur un geste impératif de Germain, elle retroussa sa manche et plongea la main dans le chapeau.

Hyacinthe, l'œil fixé sur Catherinette, suivait le geste de la vieille servante et sentait un petit frisson lui passer le long de l'épine dorsale ; en même temps, il formait mentalement le souhait que son nom ne sortît pas.

— Voici le papier ! dit la cuisinière en retirant du chapeau l'un des billets qu'elle tendit aux deux frères.

— Donne, repartit vivement Germain, donne à mon frère Hyacinthe, et va voir à ta cuisine si j'y suis !

Il la poussa dans le vestibule, et, avant qu'elle eût le temps de se reconnaître, il ferma la porte en dedans. Hyacinthe cependant dépliait le billet qui tremblait légèrement entre ses doigts. L'aîné des Lafrogne s'était rapproché de la fenêtre pour mieux lire, et son long profil naïf se découpait sur la blancheur des rideaux.

— Eh bien ? fit l'autre impatient.

— Il y a « Germain », répondit Hyacinthe avec un gros soupir de soulagement. — Il passa le papier à son frère, qui le lut et le froissa entre ses doigts : — C'est fichtre vrai ! grommela-t-il.

— Allons, reprit Hyacinthe d'un ton affectueux et guilleret, du courage, mon pauvre cadet ! En résumé la Providence a bien fait les choses... Il ne me reste plus qu'à aller en causer avec notre cousine de Coulaines.

— Rien ne presse ! répliqua Germain d'un air bourru.

— Si fait ! mieux vaut dès aujourd'hui savoir à quoi nous en tenir... A moins pourtant que tu ne te repentes déjà.

— Nenni, je n'ai qu'une parole, murmura Germain devenu subitement rêveur.

Hyacinthe prit son chapeau et courut chez Mme de Coulaines.

Précisément Laurence venait de se retirer dans sa chambre, et la veuve était seule dans la salle à manger. Hyacinthe lui exposa de son mieux l'embarras où les avait mis la mort de la tante Lénette, et il lui demanda solennellement pour son frère cadet la main de Mlle Laurence.

Mme de Coulaines n'en pouvait croire ses oreilles. Après la façon plus que froide dont elle

avait été traitée par les Lafrogne, cette démarche
étonnante lui faisait l'effet d'un brusque changement à vue dans une féerie. Néanmoins elle sut
contenir prudemment sa joie et répondit avec un
grand air de dignité qu'elle était très-honorée de
la proposition de son cousin ; mais que, le
mariage étant une chose sérieuse, il était de son
devoir de consulter d'abord sa fille. Bref, elle
demanda la nuit pour réfléchir et promit de
rendre réponse dès le lendemain.

Sitôt qu'Hyacinthe se fût retiré, elle gagna
lestement la chambre de Laurence.

Celle-ci, assise sur une chaise basse auprès de
la fenêtre ouverte, lisait un roman aux dernières
lueurs du soleil couchant qui plongeait derrière
les arbres du jardin d'en face. Au bruit de la
porte, elle releva la tête et fut surprise en cons-
tatant la mine épanouie de sa mère.

Mme de Coulaines lui prit gaiement le livre des
mains, la baisa au front, et s'asseyant près
d'elle : — Écoute-moi bien, Laurette, j'ai du
nouveau à t'apprendre.

— Quoi donc ? murmura Laurence, tu as l'air
rayonnant.

— Il y a de quoi... On vient de me faire pour

toi une proposition de mariage... un parti magni-
fique, inespéré... Devine !

— Le fils d'un prince ! dit railleusement Laurence, dont les yeux eurent une expression
d'incrédulité.

— Non, mais ton cousin Germain Lafrogne.

— Ce n'est pas tout à fait la même chose,
répliqua la jeune fille avec une moue dédaigneuse.

— Je te conseille de te plaindre ! un garçon
qui a vingt-cinq mille francs de rente, sans
compter la fortune de son frère, qui est quasi la
sienne.

— Un ours, reprit Laurence d'un air déçu, un
sauvage qui a au moins vingt ans de plus que
moi.

— Tu raisonnes comme une enfant ! Si tu
avais un peu plus d'expérience, tu saurais que
les garçons de l'âge et de la tournure de Germain
sont les meilleurs maris. Tu feras de lui ce que
tu voudras. D'ailleurs, il n'est point déjà si mal
bâti ; il a de beaux yeux et de belles dents, il
est solide et il faut que l'air des bois conserve
les gens, car il ne paraît pas son âge... Il ne
s'agit pas de faire du sentiment, petite fille, tu
sais que nous sommes gênées et que nous ne

4.

parvenons jamais à nouer les deux bouts. Hier
encore j'ai eu une scène avec l'épicier, qui m'a
menacée du juge de paix... Sois donc raisonnable
et ne refuse pas le seul parti un peu propre qui
se soit présenté; plus tard tu t'en mordrais les
doigts.

Laurence, le menton dans l'une de ses mains,
et de l'autre tambourinant contre la vitre, restait silencieuse.

— Hyacinthe reviendra demain, reprit la veuve,
que dois-je lui répondre ?

— Je sais bien que je n'ai pas le droit d'être
difficile, dit enfin la jeune fille en secouant nerveusement ses épaules, réponds-lui que je ferai
ce que tu voudras.

Restée seule, Laurence revint s'accouder à
l'appui de la fenêtre, et les deux mains plongées
dans la crêpelure de ses cheveux abondants, les
yeux fixés sur les arbres des jardins, elle s'enfonça
dans une mélancolique méditation.

Le soleil s'était couché, mais une chaude
réverbération empourprait encore le ciel vers la
droite. Sur cette rougeur, les cimes des arbres,
les pignons des maisons et l'aiguille d'un clocher
s'enlevaient en noir avec un vigoureux relief.
Laurence, qui instinctivement aimait les cou-

leurs vives, les parfums violents et la musique tapageuse, prenait d'ordinaire un grand plaisir à griser ses yeux de cette opulente lumière des soleils couchants. Ce soir, elle ne put s'empêcher de soupirer en songeant au contraste de cette illumination du ciel avec l'assombrissement intérieur où venait de la jeter la singulière démarche de Germain.

Certes elle avait souhaité plus d'une fois de se marier ; mais bien qu'elle n'eût pas grand motif d'espérer un mari brillant, elle avait rêvé tout autre chose que son cousin Lafrogne. Le sauvage Germain, sous son enveloppe rugueuse et déjà mûre, ne réalisait nullement l'idéal qu'elle s'était plu à concevoir. Et pourtant elle reconnaissait elle-même que sa mère raisonnait juste en lui conseillant de ne pas dédaigner un parti qui était avantageux, sinon séduisant. C'était déjà beaucoup de pouvoir sortir de cette existence étroite et besoigneuse où il fallait liarder chaque jour, porter des robes fanées, des gants recousus, et subir les aigres réclamations de fournisseurs rendus féroces par de nombreux mémoires impayés. Au moins, quand elle se nommerait Mᵐᵉ Lafrogne, elle serait riche et souveraine d'une maison où rien ne manquait ; elle pourrait

se donner ce luxe qu'elle aimait, ce superflu qui
pour elle passait presque avant le nécessaire.

A l'âge de Laurence, quand le cœur n'a pas
encore parlé, on ne voit la vie qu'en surface ; on
n'en soupçonne pas les dessous pénibles, dou-
loureux ou mortifiants ; aussi on prend légèrement
des résolutions devant lesquelles plus tard on
est étonné de ne pas avoir reculé avec terreur.
C'est ce qui explique le nombre de ces mariages
disproportionnés que tant de jeunes filles
acceptent, non pas seulement avec résignation,
mais presque avec le sourire sur les lèvres. Ce
serait odieux, s'il n'y avait au fond de tout cela
plus d'ignorance et d'étourderie que de calculs
intéressés.

Quand Laurence sortit de sa méditation, l'illumination du couchant s'était éteinte ; la colline,
les maisons et les arbres ne faisaient plus qu'une
masse noire, et dans le ciel, devenu couleur
d'aigue-marine, une petite étoile tremblait ainsi
qu'une larme au bord de l'horizon. La jeune
fille secoua une dernière fois la tête, comme pour
donner congé à l'idéal amoureux qu'elle s'était
forgé bien souvent depuis sa sortie de pension ;
c'était fini, elle avait pris son parti, et elle acceptait de s'appeler Mme Lafrogne.

Le lendemain, dès midi, Hyacinthe, prévenu
par un billet de Mme de Coulaines, aida Germain
à procéder à sa toilette de cérémonie. Le farouche
chasseur s'était fait rafraîchir les cheveux et la
barbe, il avait un chapeau de soie qui lui donnait la migraine, sa redingote le gênait aux
entournures, et ses bottes vernies lui torturaient
les pieds.

— Vois-tu, dit-il à Hyacinthe en faisant de
vains efforts pour introduire ses mains dans des
gants de peau, toutes ces cérémonies-là, ce n'est
pas *ma partie !*

Hyacinthe l'encourageait de son mieux, tout
en l'escortant rue des Saules, où ils trouvèrent
leurs parentes qui les attendaient dans le salon
décoré pour la circonstance d'un luxe de fleurs
fraîches. Au bout de quelques instants, Mme de
Coulaines fit un signe à Hyacinthe et l'emmena
dans une pièce voisine, de façon à laisser les
prétendus en tête-à-tête.

Laurence, assise sur le tabouret du piano,
tortillait nerveusement une rose entre ses doigts.
Germain, figé dans son fauteuil, se sentait plus
que jamais gêné par sa redingote.

— Il fait bien chaud ! dit-il tout à coup d'une
voix étranglée.

— Le temps est à l'orage, répondit Laurence
sans lever les yeux, voulez-vous que j'ouvre la
fenêtre, mon cousin?

— Non, merci! s'écria-t-il vivement. — Il lui
semblait que, si la fenêtre était ouverte, il aurait
encore plus de peine à s'expliquer. A la fin,
brusquement, sans transition, comme un homme
qui se jette à l'eau : — Cousine Laurence, reprit-
il, votre mère vous a-t-elle fait part de ma
demande?

Elle rougit, et ses yeux noirs se fixèrent un
moment sur Germain, qui en fut comme ébloui.
— Oui, mon cousin. — Eh bien répondez-moi
franchement, comme il convient entre honnêtes
gens, voulez-vous être ma femme?.. Je ne suis
pas un beau parleur et je n'entends rien aux
longs discours... Sachez seulement que vous me
ferez grand plaisir en acceptant, et que je tâche-
rai que vous n'ayez pas à vous en repentir...
Voulez-vous?

La rose trembla légèrement dans la main de
Laurence. — Oui, mon cousin, murmura-t-elle.

Il se leva et s'approcha de la jeune fille. —
Merci, dit-il de sa grosse voix. — Et comme il
lui avait pris sans façon la main, la rose à demi-
brisée lui resta dans les doigts.

Il la mit triomphalement à sa boutonnière et répéta : — Cousine, foi d'honnête homme, je ferai tout mon possible pour que vous soyez heureuse avec moi...

On s'occupa immédiatement de la publication des bans, et, trois semaines après, le mariage eut lieu à Notre-Dame. Comme la mort de Mlle Lénette était récente, il n'y eut pas de noce. Toute la ville, fort surprise de ce brusque dénoûment, n'en assista pas moins à la messe. A la sortie, il y avait foule sur le parvis, et parmi les curieux se trouvait Delphin Nivard. Quand la première voiture s'avança et que la mariée, ramassant la longue traîne bruissante de sa robe de satin, y fut montée lestement, le bureaucrate resta un bon moment occupé à regarder les chevaux de louage trotter dans la direction de la rue du Bourg. Un pâle sourire plissa ses lèvres minces, et, tout en se frottant les mains, il murmura en son par-dedans : — Fouette, cocher ! ne verse pas en route, mon garçon, tu portes ma vengeance ! Cette belle mariée mettra les deux Barbeaux sur le gril... J'espère bien être là pour les voir rôtir et pour attiser le feu.

DEUXIÈME PARTIE

I

Les nouveaux époux passèrent leur lune de miel à la ferme de Rembercourt. A côté des bâtiments d'exploitation, Lafrogne père avait fait bâtir un pavillon qui servait de pied à terre à la famille pendant la saison des fruits, et où la jeune mariée s'installa du mieux qu'elle put. Cette prime-aube du mariage parut délicieuse à Germain. Ce robuste chasseur, dont l'appétit était loin d'être blasé, savourait avec des émerveillements infinis la volupté de posséder à lui seul une femme jeune, élégante et mignonne. Il goûtait aux joies du mariage avec les ravisse-

5

ments d'un pauvre diable qui a longtemps vécu
de fruits sauvages ramassés au bord des routes,
et à qui l'on sert pour la première fois de belles
pêches veloutées, délicates et fondantes. On était
à l'époque de la fenaison, et l'odeur amoureuse
des foins coupés, qui s'exhalait matin et soir
autour de la ferme, contribuait encore à enivrer
Germain. Il adorait Laurence, et celle-ci, qui
n'était point femme à moitié, profitait de cette
griserie des commencements pour établir peu à
peu sa domination sur le cœur et l'esprit de son
mari.

Le premier usage qu'elle fit de son pouvoir fut
de mettre les ouvriers dans la maison de la rue
du Bourg et d'en bouleverser radicalement la disposition intérieure. Hyacinthe hasarda bien quelques timides objections ; mais, de même que
Germain, il fut vaincu par les mignardes façons
et les cajoleries de sa belle-sœur. L'antique logis
des Lafrogne fut gratté, rechampi, parqueté et
décoré à neuf pendant l'été et l'automne qui suivirent le mariage. On ne garda guère de l'ancien
ameublement que les verdures de Flandre qui
garnissaient le salon et la *chambre verte*. Hyacinthe en soupira tout bas, la vieille Catherinette
cria au sacrilége, mais le rajeunissement de la

maison des deux Barbeaux n'en continua pas
moins. Chaque après-midi, Laurence venait de
Rembercourt afin de suivre les progrès de la mé-
tamorphose. Elle faisait le trajet dans un joli
panier, traîné par deux petits chevaux corses,
dont Germain avait fait emplette quelques
semaines après la noce, et que la jeune femme
conduisait elle-même. Quand le panier traversait
au grand trot la rue des Clouères et la rue du
Bourg, les gens se mettaient aux fenêtres pour
voir passer la jeune Mme Lafrogne, les cheveux
légèrement ébouriffés, la tête coiffée d'un feutre
gris dont le voile volait au vent, et tenant les
rênes blanches dans sa main gantée de peau de
daim.

— Elle va bien, la petite femme! disait-on,
elle fait danser lestement les écus des Lafrogne...
Ah! si la pauvre tante Lénette voyait ça!

Mais la tante Lénette dormait dans un endroit
où les oreilles n'entendent point, où les yeux ne
voient plus, et, sans respect pour sa mémoire,
les réparations allaient leur train. Quand les
menuisiers et les peintres eurent fini leur
besogne, on s'occupa de l'ameublement. Il y
eut des portières à toutes les portes et des tapis
jusque dans l'escalier. Mme Lafrogne dénicha à la

ville haute un meuble de tapisserie au petit point
dont elle orna le salon. On fit venir de Paris le
lustre hollandais, les lampes japonaises et les
faïences des jardinières. On tendit un boudoir de
satin ponceau, afin de mieux faire ressortir la
peau blanche et les cheveux noirs de Laurence.
Germain eut un fumoir tapissé de nattes indien-
nes, garni de divans orientaux, où il n'osait ni
cracher ni fumer. Pas une encoignure qui ne fût
embellie par des fleurs naturelles, pas un pan de
mur où l'œil ne fût amusé par quelque bibelot
précieux : — torchères en fer forgé, cuivres tout
flamboyants d'éclairs, faïences aux colorations
tapageuses.

On ne parlait plus dans Villotte que des mer-
veilles de la maison des deux Barbeaux. Chacun
inventait un prétexte pour pénétrer dans cet intérieur et constater les coûteux embellissements
dus au caprice de Mme Lafrogne. Alors c'étaient
des coups d'œil obliques échangés entre voisins,
des hochements de tête et des sourires sarcas-
tiques, commentant des réflexions peu bien-
veillantes : — Cela coûtera gros, disaient les visiteurs, les deux Barbeaux n'ont qu'à préparer leur
bourse. — On fait des folies à tout âge ! —
Que voulez-vous ? cette Parisienne leur a tourné

la tête, murmurait Delphin Nivard, en s'api-
toyant hypocritement sur le sort de ses deux
camarades, tandis qu'en dedans une joie maligne
illuminait ses petits yeux verts clignotants sous
leurs paupières sans cils.

On adjoignit une femme de chambre à la vieille
Catherinette, et Hyacinthe eut lui-même sa part
de confortable. Il quitta les deux pièces qu'il
occupait au-dessus des bureaux, et on l'installa,
bon gré mal gré, dans la *chambre verte*, meublée
à neuf. Mais si Laurence avait réussi à méta-
morphoser radicalement l'intérieur de la maison,
elle ne put rien changer aux habitudes et aux
goûts des deux frères. Quand, à l'arrière-saison,
les travaux furent terminés et qu'on revint s'établir rue du Bourg, les deux Barbeaux reprirent
imperturbablement leur train de vie coutu-
mier : Hyacinthe continua de passer ses journées
à tenir les écritures, et ses soirées à lire des tragédies ; Germain se remit à partager son temps
entre son commerce de droguerie et les émotions
de la chasse. On ne le vit plus guère qu'à l'heure
du souper ; il arrivait affamé, recru de fatigue,
mangeait comme un ogre et se couchait à neuf
heures.

Peu à peu la maison redevint ce qu'elle avait

été autrefois : silencieuse, solitaire, fermée aux
visiteurs. Une froide et lourde somnolence semblait tomber du haut du toit sur les pièces somp-
tueuses et muettes. Germain s'était nettement
refusé à faire des visites de noce ; le monde
l'effrayait, et, à part Delphin Nivard qui venait
de temps à autre se chauffer au coin du feu d'Hyacinthe, aucun étranger n'était reçu chez les Lafrogne. Mme de Coulaines, pour laquelle Villotte
avait toujours été un exil, n'y avait pas fait long
feu après le mariage de sa fille. Dès qu'elle avait
vu Laurence bien établie, elle s'était senti un
regain de jeunesse, et, comme ses trois mille
francs de rente lui suffisaient maintenant, elle
s'était empressée de retourner à Paris pour y
reprendre ses habitudes et ses relations d'autrefois.

A l'entrée de l'hiver, Laurence demeura seule
dans sa grande maison luxueusement meublée.
Quand elle eut visité de la cave au grenier ce
logis dont elle était la souveraine, quand elle se
fut mirée dans toutes les glaces et assise dans
tous les fauteuils capitonnés, elle commença de
trouver son existence dorée un peu bien monotone. Un ennui gris, subtil et pénétrant comme
un brouillard d'octobre, filtra autour d'elle à tra-

vers les portières laineuses et les rideaux soyeux
de sa chambre. Il l'enveloppa tout entière
pendant les longues heures inoccupées du jour
et les heures plus interminables encore de la
veillée. Elle comprit alors la cruelle vérité de
cette rude chanson populaire lorraine qu'elle
avait entendu chanter aux vendangeurs de Rembercourt :

> Au diable la richesse
> Quand le plaisir n'y est point !
>
> . . . .
>
> Un jour, quand je serai morte,
> Je n'emporterai rien du tout,
> Qu'une vieille chemise
> Et un drap par dessus.
> Voilà la belle morte,
> On n'y pensera plus !

A quoi lui servait d'avoir d'élégantes toilettes
qu'elle ne pouvait montrer ? A Villotte, on ne se
promène pas ; les dames de la bourgeoisie n'ont
d'autre distraction que d'aller au marché ou à
l'église. Or, Laurence laissait la corvée du marché
à Catherinette ; quant à l'église, comme elle était
d'une piété fort tiède, elle se bornait à y paraître
le dimanche à la petite messe de onze heures.
Elle sortait donc très-peu et s'ennuyait mortellement.

Même quand les deux Barbeaux étaient au logis, la société de ces deux compagnons à l'esprit peu ouvert et peu expansif n'avait rien de récréant. Leurs goûts casaniers, leurs idées vieillottes, leurs causeries, roulant sur des choses de l'ancien temps ou des souvenirs de Mlle Lénette, la laissaient indifférente et taciturne. Parfois il semblait à Laurence que son cerveau se rétrécissait, que sa jeunesse s'en allait, au contact de ces deux hommes plus vieux que leur âge, et elle se regardait avec effroi dans une glace, croyant déjà apercevoir une ride sur son front ou un fil blanc parmi ses cheveux noirs. Elle avait des langueurs indéfinissables, terminées par des crises de larmes dont elle était elle-même honteuse et qu'elle dissimulait de son mieux.

Les deux frères, peu expérimentés en ce qui touchait aux choses féminines, ne savaient rien faire pour remédier à ces accès de mélancolie. Germain, qui avait contenté toutes les fantaisies de sa femme, était persuadé qu'il avait rempli, et au delà, l'engagement qu'il avait pris de la rendre heureuse. Elle avait de jolies toilettes, un nid douillet; que pouvait-elle désirer davantage et pourquoi ne s'y serait-elle pas trouvée à l'aise?

Du reste, pour le quart-d'heure, les deux Bar-

beaux étaient absorbés par une occupation qui
ne leur permettait guère de s'apercevoir des tristesses vagues de la jeune femme. Ils réglaient les
mémoires des menuisiers, des peintres et des
tapissiers qui avaient contribué à l'embellisse-
ment de leur maison, et ils constataient avec
effroi que le total de la dépense avait dépassé de
beaucoup leurs prévisions. Ayant gardé les principes de stricte économie inculqués par la tante
Lénette, ils ne laissaient pas de faire la grimace à l'aspect de ces formidables additions.

Hyacinthe surtout poussait de nombreux soupirs et gémissait de ce que les nouveaux aména-
gements avaient laissé inoccupées les deux pièces
situées au-dessus des bureaux.

— On aurait pu en tirer parti, murmurait-il
à Delphin Nivard, et c'est de l'argent qui dort.

Un matin, le chef de bureau vint trouver les
deux frères et leur demanda si, sérieusement, ils
ne songeaient pas à utiliser cet appartement devenu vacant.

— Les deux pièces, leur dit-il, ont un escalier
indépendant et une sortie sur la rue de la Municipalité : cela ne vous gênerait en rien, et vous
avez assez de vieux meubles pour les garnir convenablement... Si vous vous décidiez à les louer,

5.

j'aurais votre affaire : un garçon bien rangé, bien
élevé, tranquille, qui ferait honneur à ses propriétaires... Il cherche un appartement meublé,
et il serait heureux de loger dans une maison
comme la vôtre.

Le locataire proposé par Nivard était un jeune
avocat, attaché au parquet de Villotte et répondant au nom de Xavier Duprat. Germain ne
dit pas non, Hyacinthe alla aux renseignements
et en rapporta de parfaits. M. Duprat était un
jeune homme distingué, ayant des goûts sérieux,
de bons principes, une conduite exemplaire. Il
était membre de la Société de Saint-François de
Régis et offrait toutes les garanties désirables.
L'affaire se conclut donc par l'entremise de
Nivard, et il fut convenu que le nouveau locataire entrerait en jouissance le 1er avril.

Ce jour-là, dans l'après-midi, Laurence s'occupait à renouveler les fleurs du petit salon qui
lui servait de boudoir, Germain était allé assister
à une pêche aux étangs de Belval, Hyacinthe était
sorti pour affaires, quand Catherinette annonça
que le locataire demandait à parler à madame.

Sur un signe de la jeune femme, la domestique introduisit M. Xavier Duprat.

D'après ce qu'elle avait entendu dire à son

mari et à son beau-frère, Laurence s'était des-
siné en idée un portrait assez ridicule de ce magistrat en herbe. Ce locataire patronné par Nivard
et accueilli avec enthousiasme par les deux Barbeaux devait être quelque provincial à tournure
de séminariste, gauche et engoncé dans de maussades vêtements noirs. Elle fut plus qu'agréable-
ment surprise à l'aspect du visiteur qui s'avançait
en la saluant.

C'était un grand et beau garçon de vingt-cinq
ans. Un léger pardessus marron, aux revers de
soie largement étalés sur une poitrine bombée,
laissait voir une taille souple et bien prise dans
la redingote noire étroitement boutonnée; un
pantalon d'un joli gris complétait cette toilette à
la fois élégante et simple. Le visiteur était ganté
et chaussé avec un soin scrupuleux. Son linge
était fin et d'une blancheur irréprochable. Il
n'avait pas encore fait aux exigences du parquet
le sacrifice d'une soyeuse barbe châtain clair.
Très-soignée et frisant naturellement, cette barbe
encadrait à merveille le visage au teint chaud,
un peu bistré, éclairé par deux yeux bruns, ve-
loutés et caressants comme des yeux de femme.

— Madame, commença-t-il, je n'ai pas voulu
m'installer dans votre maison sans vous pré-

senter mes hommages et vous dire combien je suis heureux d'avoir été accueilli à titre de locataire par M. Lafrogne.

Sa voix était chaude et caressante comme son regard; peut-être même eût-on désiré moins de douceur mielleuse dans l'accent. Mais cet organe était si mélodieux qu'il charmait tout d'abord, et Laurence subit d'autant mieux cette séduction que son esprit prévenu y était moins préparé. Elle se sentit honteuse des imaginations qu'elle s'était mises en tête, et de son ton le plus aimable elle demanda au jeune homme s'il avait déjà pris possession de son appartement.

— Pas encore, répondit-il, j'ai laissé mes bagages au pied de l'escalier.

— Asseyez-vous, monsieur, reprit Laurence, je vais recommander qu'on monte tout cela chez vous, et qu'on vous prévienne lorsque les choses seront en ordre.

Elle sortit un moment, tandis que le nouveau locataire jetait un coup d'œil curieux sur l'arrangement du petit salon où il se trouvait. — Tout y sentait la femme jeune, raffinée et coquette: depuis les violettes trempant dans de frêles cornets de verre de Venise jusqu'aux écheveaux de soie aux couleurs gaies qui s'étalaient sur une mignonne table à ouvrage. Les fauteuils bas et moelleux, les chauffeuses en velours de Gênes, de grands écrans japonais, tout avait un précieux parfum de richesse élégante et cossue.

— J'ai stylé Catherinette, dit Laurence en rentrant, et tout sera bientôt prêt, monsieur.

Ils restèrent un moment assis sans parler, chacun d'eux se recueillant pour rassembler ses impressions, tandis que les violettes emplissaient l'atmosphère tiède d'une suave odeur de renouveau. Laurence semblait un peu intimidée par ce tête-à-tête inattendu; Xavier Duprat, au contraire, était fort calme et regardait, non sans plaisir, à travers ses cils demi-fermés, le joli visage et la fraîche toilette de la femme de son propriétaire. Celle-ci, embarrassée de cet examen, rougissait et agitait nerveusement son petit pied; à la fin, rompant la première le silence : — Vous habitez Villotte depuis peu, monsieur ? demanda-t-elle.

Il répondit qu'il arrivait de Paris, où il avait passé son doctorat et où il était resté six ans.

— Vous avez vécu à Paris ! s'écria-t-elle vivement; moi, j'y suis née... Quel quartier habitiez-vous ?

Il nomma une rue voisine du Luxembourg.

—Ah! fit-elle avec un gros soupir, et, fermant ses beaux yeux, la tête un peu renversée en arrière, pendant une minute elle revit le jardin tel qu'elle l'avait connu par les après-midi de printemps : — la terrasse des marronniers avec la musique militaire rangée en cercle et jouant une valse; les étudiants aux airs crânes, aux façons bruyantes, se promenant par bandes entre les chaises alignées; la jeune verdure des talus, la blancheur mate des statues se détachant sur les massifs de lilas, l'eau argentée du bassin frissonnant au grand soleil, et çà et là le mélodieux bruit d'ailes des ramiers quittant les marronniers en fleurs pour s'aller poser sur le bras d'un Mercure ou l'épaule d'une Diane.

Elle eut comme une hallucination de ce coin de Paris; elle en voyait tous les détails, elle entendait les voix joyeuses des enfants, les fanfares des cuivres, et croyait même respirer par bouffées l'odeur bien connue des gauffres toutes chaudes se mêlant aux senteurs végétales des parterres...

Elle secoua la tête, rouvrit les yeux et vit que le jeune homme la contemplait avec une discrète admiration. — Pardon ! balbutia-t-elle, je pensais au Luxembourg... Je m'y suis tant pro-

menée autrefois ! Comment avez-vous pu quitter
Paris, monsieur, pour venir vous enterrer à Villotte?.. Vous devez bien vous ennuyer dans cette
bicoque de petite ville !

Il fit un mouvement en arrière comme un
homme légèrement choqué, et prenant une attitude à la fois solennelle et pensive, une de ces
poses dédaigneuses, affectionnées par les jeunes
doctrinaires de sa conférence, il répondit avec un
ton mélancoliquement sentencieux qu'un acteur
lui eût envié : — Madame, je travaille beaucoup et
je n'ai pas le temps de m'ennuyer... D'ailleurs je
suis habitué à la solitude, et elle ne m'effraie plus.

— Vous êtes bien heureux, monsieur ! s'écria-
t-elle avec une vivacité amusante, moi je n'y suis
pas faite... Je ne m'habituerai jamais à une ville
où on n'a pas un spectacle à voir, pas un livre
intéressant à lire... C'est peu dire que je m'y
ennuie, reprit-elle avec véhémence, *je m'y as-
somme !*

Il ouvrit tout grands ses yeux scandalisés.

— J'ai dans ma bibliothèque, dit-il d'un air
d'aimable compassion, quelques-unes des œuvres
de nos auteurs contemporains : m'autorisez-vous,
madame, à les mettre à votre disposition ?

Elle accepta immédiatement, et elle commençait à le remercier, quand Catherinette vint annoncer que l'appartement était prêt. Xavier Duprat s'inclina profondément, et ils se séparèrent; mais tout en se rendant chez lui, le futur magistrat souriait dans sa barbe, et je ne sais quelle fatuité intime lui disait qu'il avait marqué sérieusement son passage dans le boudoir fleuri et capitonné de Mme Lafrogne. — En effet, il y avait semé des germes de sensations nouvelles, dont la floraison rapide devait donner un parfum plus troublant et avoir une existence plus durable que les violettes et les jacinthes des jardinières.

Après son départ, Laurence demeura longtemps rêveuse. Il lui semblait que le soleil était plus doré et que les fleurs répandaient une plus pénétrante odeur de printemps. Le soir, au souper, elle conta la visite de M. Duprat et fit l'éloge du jeune homme. Hyacinthe abonda naïvement dans son sens; quant à Germain, il avait à peine entrevu son locataire. Il n'en parut pas moins enchanté d'apprendre qu'il agréait à sa femme et à son frère, et promit même de lui rendre sa visite dans la huitaine.

Ce qui était certain, c'est que l'installation de M. Duprat dans la maison de la rue du Bourg

avait donné à la vie de Laurence un intérêt tout
nouveau. La présence de ce beau garçon, à la
fois homme sérieux et homme du monde, semblait avoir rajeuni et réveillé la somnolente demeure. Les journées commencèrent à paraître
moins longues à Mme Lafrogne; et le soir elle
s'endormait avec moins de peine en songeant
que le lendemain matin, lorsqu'elle ouvrirait sa
fenêtre, elle apercevrait Xavier à la sienne.

Les croisées du petit salon, donnant sur la
cour, faisaient face à celles du cabinet de travail
de M. Duprat. Le matin, en arrosant ses fleurs,
Laurence jetait à la dérobée un coup d'œil chez
son vis-à-vis. Elle entrevoyait le profil perdu
du jeune homme courbé sur sa table de travail.
Parfois il se levait, venait s'appuyer d'un air mé-
ditatif à la barre de la croisée, et , tout à coup,
s'apercevant de la présence de Mme Lafrogne à
la fenêtre d'en face, il saluait cérémonieusement
et se retirait en hâte, comme s'il eût craint d'être
accusé d'indiscrétion.

II

Xavier Duprat était le quatrième enfant d'un conseiller à la cour de Metz. Ses parents, ayant trois filles à doter, avaient donné à leur fils pour tout patrimoine une éducation soignée et de belles relations. Après l'avoir fait élever chez les pères du collége Saint-Augustin, ils l'avaient envoyé à Paris suivre les cours de la faculté de droit.

Le jeune homme avait quitté sa famille, ayant en poche une maigre pension de dix-huit cents francs, mais muni d'une ample provision .de sages conseils, analogues à ceux que Polonius donne à son fils Laërte dans *Hamlet* : — être toujours en religion et en politique pour les principes d'ordre et d'autorité ; ne jamais heurter les bien-séances ni fronder les personnages officiels ; se lier de préférence avec des gens placés plus haut que soi sur l'échelle sociale; faire la cour aux femmes âgées, se défier de son premier mouvement, parler peu et beaucoup écouter.

Le jeune Duprat, doué d'une forte volonté, d'un esprit délié et d'une ambition peu commune, avait suivi à la lettre les recommandations paternelles. Aussi avait-il réussi dans le monde et était-il arrivé à Villotte avec la réputation d'un homme distingué, sérieux, appelé aux plus éminentes positions. Façonné par les bons pères du collége Saint-Augustin, il avait appris de bonne heure à se conduire prudemment et adroitement dans la vie; à une époque où une certaine religiosité était redevenue à la mode, il savait allier dans une juste mesure les pratiques dévotes et les distractions mondaines, assistant le même jour aux conférences d'un père lazariste et aux bals du préfet, passant légèrement sur sa dévotion un aimable vernis d'homme bien élevé; en un mot, doux, poli, insinuant, réservé, ayant tout ce qu'il faut pour se pousser convenablement dans le monde.

Il faisait merveille dans cette petite ville, où les mères le citaient comme exemple à leurs fils adolescents, et où les pères de filles nubiles le

regardaient d'un œil fort doux. Perspicace et fin
comme il était , il s'aperçut vite de l'impression
qu'il avait produite sur Mme Lafrogne. Plus d'un
homme de son âge eût été facilement induit à la
tentation. La jeune femme était jolie à souhait,
élégante, riche, dans une position à flatter gran-
dement la vanité d'un conteur de fleurettes. En
outre, il était évident que son mari la négligeait,
qu'elle s'ennuyait de la vie qu'on lui faisait mener et qu'elle n'eût pas été fâchée de trouver un
consolateur. Mais Xavier Duprat était prudent et
réfléchi, et, bien que ses vingt-cinq ans le dé-
mangeassent fort dans une petite ville dépourvue
de ressources, il tenait avant tout à ne pas se
compromettre et ne voulait s'avancer qu'à coup
sûr. Le fruit défendu le tentait, mais il désirait
que la branche vînt d'elle-même se mettre à portée de sa main. Bref, par une compromission de
conscience qu'il n'est pas rare de rencontrer chez
les natures plus habiles que droites, il voulait
bien pécher, pourvu qu'aux yeux du monde il pût
se donner les apparences d'un galant homme qui
n'a succombé qu'à son corps défendant.

Aussi se garda-t-il de profiter de la permission
octroyée par Laurence et de lui apporter sur-le-
champ les livres dont il avait parlé. Pendant une

quinzaine, il se tint sur la réserve, se contentant
d'envoyer de respectueuses œillades dans la direction de la fenêtre de sa voisine. Il fut récompensé
de sa patience, car un beau dimanche il reçut la
visite de Germain Lafrogne en tenue de cérémonie.

Xavier Duprat se montra à son propriétaire
sous les dehors d'un garçon sérieux, timide,
« tout entier à son affaire ». La conversation fut
affable et cordiale. En se retirant, Germain dit à
Xavier : — A propos, ma femme m'a prié de
vous rappeler que vous lui aviez promis des
livres.

Le jeune homme mit son oubli sur le compte de
ses nombreuses occupations et proposa à M. Lafrogne de se charger lui-même des volumes.

— La demande de Mme Lafrogne est peut-être
indiscrète, reprit le mari ; excusez-la, c'est une
liseuse et notre bibliothèque n'est pas très-bien
garnie.

Xavier prit sur un rayon *Valentine*, la *Confes-
sion d'un enfant du siècle* et les *Poésies* de Musset;
puis il les remit à l'honnête Germain, qui em-
porta innocemment ces livres, dont il ne connaissait même pas de nom les auteurs.

Pour un dévot, le choix était au moins singu-

lier; mais Xavier pensait probablement qu'il faut
donner aux gens des livres appropriés à leurs
goûts, et que les esprits comme les estomacs fé-
minins s'accommodent mieux des friandises que
des viandes solides.

Avant de reparaître chez Lafrogne, il attendit
patiemment que les œuvres de Musset et de
George Sand eussent produit tout leur effet sur
la jeune imagination de Laurence. Il se bornait,
le matin ou le soir, à la saluer de sa fenêtre;
mais il ne négligeait aucune occasion de lier conversation avec le mari. Il l'accompagna même
une après-midi à sa ferme de Rembercourt.
Laurence n'était pas de la partie, et Germain,
en vrai propriétaire, promena son hôte dans
tous les coins de son domaine, lui fit admirer
son chenil, ses étables, ses engrangements, et le
ramena à la nuit éreinté et fourbu.

Lafrogne cadet était enchanté de son locataire. — Il est très-bien, ce jeune homme, dit-il à
sa femme et à Hyacinthe, c'est un garçon ferré
sur le Code et un aimable compagnon... un peu
trop cérémonieux, par exemple!.. J'avais l'intention de le faire souper avec nous, à la fortune
du pot... Croiriez-vous qu'il n'a jamais voulu
monter?.. Il a fait un tas de façons, et, ma foi,

je l'ai laissé... Je ne pouvais pas le prendre au collet, n'est-ce pas ?

Laurence se contenta de sourire d'un air un peu dédaigneux, mais intérieurement elle était froissée. Elle en voulait à Xavier de cette réserve excessive. Depuis quinze jours, le travail de *cristallisation* dont parle Stendhal s'opérait doucement dans la tête de la jeune femme. Le printemps avec ses tiédeurs, le lyrisme des livres prêtés par M. Duprat, aidèrent encore à cette silencieuse floraison de l'amour.

Pelotonnée sur sa chaise longue, derrière ses rideaux ensoleillés, Laurence dévorait les *Nuits*, et de temps à autre, par l'entrebâillement des stores, jetait un coup d'œil sur la fenêtre de Xavier. Parfois, aux heures claires de la matinée ou le soir, à la brune, elle l'apercevait feuilletant ses dossiers. Après souper, elle revenait s'accouder sans lumière derrière ses persiennes, et se plaisait à le suivre, allant et venant dans son cabinet éclairé discrètement par une lampe posée sur le bureau. La fenêtre du jeune homme restait ouverte bien avant dans la nuit. Penchée dans l'ombre, Laurence distinguait les livres empilés sur la table, le globe dépoli de la lampe autour duquel tourbillonnaient des phalènes, attirées du

dehors par la lumière. Elle voyait la svelte silhouette de Xavier se mouvoir de la table à la bibliothèque. Elle le trouvait beau, fier et triste
comme le Bénédict de *Valentine ;* elle lui prêtait
la mélancolie dédaigneuse et passionnée des héros de Musset et elle le plaignait de vivre ainsi
toujours seul. Elle enviait les petits papillons qui
pouvaient entrer à leur aise chez lui et planer sur
sa table de travail ; elle aurait donné beaucoup
pour pouvoir pénétrer comme eux, sans qu'il s'en
doutât, dans l'austère chambre d'étude, et pour
lui apparaître tout d'un coup comme la muse
consolatrice de la *Nuit de mai*.

Un matin , l'occasion lui fut offerte de satis-
faire cette fantaisie, et elle ne sut pas y résister.
Xavier était au parquet, et la femme de chambre,
chargée du ménage du locataire, était venue demander à Laurence des rideaux blancs pour la fenêtre du cabinet de travail. Après un moment
d'hésitation, elle résolut d'accompagner la cham-
brière sous le prétexte de rapporter elle-même les
livres qu'on lui avait prêtés. — Après tout, ce
n'était pas là un gros péché , pensait-elle, et,
d'ailleurs , toutes les propriétaires regardent
comme un devoir de veiller à ces détails de mé-

nage. — Néanmoins son cœur battait fort en montant l'escalier de M. Duprat.

Une fois dans l'appartement, on s'aperçut que les rideaux étaient trop courts. Il fallait découdre un rempli et refaire un ourlet. La femme de chambre redescendit pour s'occuper de cette opération, et Laurence, restée seule, put examiner à loisir le sanctuaire où travaillait Xavier.

Le cabinet était à la fois élégant et sévère comme le maître du logis. L'une des murailles était entièrement couverte par une large bibliothèque vitrée, pleine de livres aux reliures brunes et uniformes. Un grand crucifix d'ivoire sur un fond de velours noir faisait face au bureau. Çà et là, les murs étaient décorés de gravures d'après Ary Scheffer, représentant *Saint Augustin et sainte Monique, Mignon aspirant au ciel*, etc. Sur la cheminée, un buste de d'Aguesseau en bronze se dressait entre deux potiches garnies de plantes vertes au feuillage sombre et métallique. Le bureau était encombré de cartons, de dossiers et de livres de droit; à côté, sur un guéridon, étaient épars des gants gris-perle, un paroissien et un album de photographies.

Ce dernier objet attira surtout la curiosité de Laurence. Elle en examinait curieusement la re-

6

liure en cuir de Russie, maintenue par des fermoirs d'acier bruni, et je ne sais quel démon la poussait à l'ouvrir. Ces albums sont le plus souvent une sorte de musée intime dont les portraits peuvent fournir à un observateur perspicace plus d'un renseignement sur le présent et le passé de leur propriétaire. Laurence brûlait de connaître les figures qui composaient l'album de Xavier. La femme de chambre en avait bien pour une heure à rallonger les rideaux ; l'audience ne se terminait qu'à onze heures, et il en était dix ; M. Duprat ne pouvait donc rentrer maintenant, et elle avait tout le temps de contenter sa curiosité. — Elle fit sauter lestement les fermoirs de l'album et l'ouvrit. En tête se trouvaient les portraits du père et de la mère de Xavier, puis trois jeunes filles assez laides, — ses sœurs probablement. Ensuite arrivaient à la file des personnages graves, décorés, cravatés de blanc, figures solennelles et rasées de vieux magistrats ; enfin, toute une collection d'ecclésiastiques : révérends pères à mines douceureuses, moines aux profils d'ascètes, abbés mondains et souriants. Laurence poursuivait sa perquisition, rassurée par ces têtes pieuses et vénérables, mais redoutant toujours, en tournant un feuillet, de rencontrer une figure

de femme, jeune et jolie, dont la présence lui ré-
vélerait quelque mystère d'amour. Tout à coup la
porte s'ouvrit, et Xavier Duprat, portant sa serviette gonflée de paperasses, parut aux regards
effarés de la curieuse.

Elle poussa un petit cri, laissa retomber
bruyamment la couverture de l'album, et une
rougeur intense lui brûla les joues et le front.

Xavier la considérait d'un air étonné, sévère,
un peu ironique. — Vous, madame, chez moi?
dit-il d'une voix grave où perçait néanmoins une
secrète satisfaction. — Il referma soigneusement
la porte, jeta ses paperasses sur une chaise et fit
quelques pas vers la coupable, qui se tenait devant
lui, honteuse et les yeux baissés.

— Oh! monsieur, murmura-t-elle suffoquée,
que je suis confuse... Pardonnez-moi! Les rideaux
étaient trop courts, Marianne est allée les rallonger et...

— Et vous êtes restée,.. je le vois, acheva le
jeune homme avec le même accent ironique et
austère.

Elle ne savait plus quelle contenance prendre
et continuait de répéter en détournant les yeux :
— Je suis si fâchée ! Pardonnez-moi d'avoir eu
l'indiscrétion d'ouvrir ce livre.

— Cela n'est rien, reprit-il dédaigneusement,
n'en parlons plus ! mais vous n'avez sans doute
pas réfléchi que, dans une petite ville, les dé-
marches les plus innocentes donnent lieu à de
malignes interprétations ; que penserait-on si
l'on savait que vous êtes venue chez moi ?

— Oh ! répliqua vivement Laurence en relevant la tête, je suis heureusement au-dessus de
pareils commérages !.. Le seul tort que j'aie eu,
c'est d'avoir ouvert cet album, et je serais désolée
si vous ne me le pardonniez pas.

— Je vous répète que cela n'est rien, fit-il
toujours impassible et gourmé.

— Je vois à votre ton que vous me gardez rancune, monsieur... Dites-moi que vous ne me
tiendrez pas rigueur à cause de mon étourderie.

— Non, certes, madame...

— Adieu, monsieur !.. Vous ne m'en voulez
pas, bien vrai ?

Elle lui tendait la main gentiment ; mais lui,
tout à son rôle de puritain, feignit de ne pas voir
cette main tendue et s'inclina cérémonieusement.

Elle resta immobile et douloureusement mor-
tifiée par cette dureté dédaigneuse. La honte, le
chagrin, l'excitation nerveuse provoquée par cette
scène inattendue lui oppressèrent la poitrine,

sa gorge se serra, ses yeux devinrent humides, et
tout à coup deux grosses larmes roulèrent lentement le long de ses joues.

Cette naïve explosion de douleur et de confu-
sion était si charmante que le jeune doctrinaire
en fut touché à travers sa cuirasse de dignité
glacée et de faux puritanisme. Ces deux belles
larmes remuèrent le fond voluptueux de son tempérament bilieux-sanguin. En somme, il en était
arrivé à ses fins. Laurence s'était compromise
sans qu'on pût l'accuser, lui, d'avoir poussé la
jeune femme sur cette pente périlleuse. Après
tout il ne voulait point mal de mort à cette pé-
cheresse, et il était miséricordieux.

Ses yeux retrouvèrent peu à peu leur expression
câline; il prit affectueusement l'une des mains
de Laurence entre les siennes : — Non, chère
madame, murmura-t-il, je ne vous en veux pas.

Sa voix avait des accents d'une mansuétude
fondante. Il avança un fauteuil et força la jeune
femme à s'y asseoir; puis, accoudé paternellement
au dossier, il la regarda d'un œil à la fois indul-
gent et charmé.

Laurence, rassérénée par ce changement de
façons, mais encore trop émue pour parler, se
bornait à tourner vers lui, avec une expression

6.

de vive reconnaissance, ses noires prunelles tout humides, tandis que ses lèvres rouges souriaient.

— Oh ! soupira-t-elle, que je suis contente que vous ne me gardiez pas rancune !

— Je ne vous en veux pas, répéta-t-il en se penchant de plus en plus ; mais comprenez quelle a été mon émotion en rentrant dans ma solitude et en vous y trouvant, vous, jeune, charmante, adorable...

Il lui chuchotait ces mots dans l'oreille, ses lèvres effleuraient presque les abondants cheveux crèpelés de Laurence, dont la poitrine gonflée se soulevait encore par moments. Elle subissait de plus en plus l'influence de cette voix caressante, de ces regards câlins fixés sur sa figure, et involontairement, comme fascinée, elle tournait la tête vers lui.

— C'est trop ! murmura-t-elle, après m'avoir grondée, voilà que vous me faites trop de compliments.

— Ce ne sont pas des compliments, c'est l'expression même de ma pensée la plus intime...

Il avait à peine achevé que sa tête se rapprocha encore, et lentement ses lèvres déposèrent deux baisers sur les yeux qui se tournaient pour lui sourire.

Tout étourdie et troublée par cette lente
caresse, elle ne protesta pas d'abord. Même sa
tête se souleva, ses lèvres s'avancèrent comme
attirées irrésistiblement vers celles de Xavier ;
puis, la réflexion lui revenant comme un coup
de foudre et reprenant conscience d'elle-même,
elle fut épouvantée de l'audace du jeune homme
et de tout ce qu'elle avait permis. Alors, à la fois
honteuse et grisée, rouge, les yeux voilés, elle se
leva, repoussa les mains qui voulaient s'emparer
des siennes, et, sans dire un mot, s'élançant vers
la porte, elle disparut.

III

Xavier passa son après-midi à ruminer les impressions de la matinée. Sa vanité était flattée ; il avait touché le cœur d'une vraie femme du monde, élégante, coquette et toute pimpante dans sa fraîche beauté de dix-neuf ans. En lui, le limon sensuel qui est au fond de toute créature humaine fermentait doucement à la tiède chaleur de ces préliminaires d'amour. Étendu dans le fauteuil où s'était appuyée la tête de Laurence, il croyait respirer encore cette fine odeur de violette dont les vêtements de la jeune femme étaient imprégnés ; il fermait voluptueusement les yeux et revoyait tous les détails de la scène du matin.

Il n'essaya point ce jour-là de troubler de nouveau la solitude où Mᵐᵉ Lafrogne s'était renfer-

mée. Il lui semblait de bon ton de se montrer
tout d'abord généreux et réservé ; mais le lendemain il résolut de pousser plus avant ; après
avoir procédé minutieusement à sa toilette, il
prit sous son bras deux romans de Balzac afin
de motiver sa visite, et se rendit chez la femme
de son propriétaire.

Comme il traversait la cour, il rencontra Germain qui sortait du vestibule. — Vous alliez
chez ma femme, monsieur Duprat ? lui dit ce
dernier, inutile ! vous ne la trouveriez pas... Elle
est partie hier pour Rembercourt.

Et comme, involontairement, à l'annonce de
ce brusque départ, la figure du jeune homme
s'était allongée : — Cela nous contrarie un peu,
Hyacinthe et moi, continua Germain en bour-
rant sa pipe, parce que nous avons ici du travail
qui nous retiendra jusqu'en juin, et que nous ne
pourrons passer avec elle que les dimanches ;
mais elle prétend qu'elle est souffrante et que
l'air de la campagne lui fera du bien... Vous
savez, quand les femmes ont une idée, il n'y a
pas à aller contre...

Le jeune homme remonta chez lui fort désap-
pointé. Cet expédient dilatoire, imaginé par
Laurence, dérangeait toutes ses combinaisons.

Pourtant une réflexion vint mêler quelque douceur à l'amertume de sa déconvenue. — Il fallait
que Mme Lafrogne le redoutât bien fort pour
avoir fui si rapidement ! Cette précipitation à
s'éloigner donnait la mesure de la fascination
qu'il avait exercée et marquait combien la jeune
femme avait conscience de sa propre faiblesse.

Laurence avait eu peur, en effet. Comme
beaucoup d'honnêtes femmes, elle pensait que
l'amour platonique est une distraction parfaitement licite, où les maris n'ont rien à voir. Elle
s'était bercée de l'espoir que l'amour de ce jeune
homme, si sérieux et si bien élevé, planerait
constamment dans des régions angéliques et
immatérielles ; qu'entre eux la passion resterait
pure, et que le désir des choses défendues, pareil
à une hirondelle infatigable, volerait toujours
au-dessus de leurs têtes sans jamais y poser son
aile. — Et la chute avait été si prompte ! le vol
idéal avait été si court ! — La jeune femme était
fort irritée de ces deux impertinents baisers qui
étaient si vite descendus sur ses yeux, et en même
temps elle éprouvait une douceur non pareille
à se les rappeler, ainsi que la musique caressante
des paroles que Xavier lui murmurait à l'oreille.
Comme elle avait une nature droite et répugnant

à la duplicité, elle se trouvait mal à l'aise en face
des deux honnêtes figures de Germain et d'Hyacinthe. Il lui semblait qu'on voyait sur son visage
la trace des baisers de Xavier, et en présence
des deux Barbeaux elle n'osait plus penser à son
séduisant et audacieux voisin.

Aussi saisit-elle le premier prétexte qui s'offrit
pour s'enfuir à Rembercourt. Dans cette retraite
heureusement située entre la rivière et un grand
pan de forêt, Laurence croyait qu'elle serait à la
fois plus protégée et plus libre. Elle n'aurait
plus à craindre le voisinage troublant des fenêtres
de Xavier, elle pourrait penser à lui sans rougir
devant Germain ; elle savourerait les prémices de
la passion sans risquer de se laisser entraîner
sur une pente dangereuse.

Cette inocente illusion ne fut pas de longue
durée. Dès le surlendemain de son départ, Xavier
Duprat devint un visiteur assidu des bois de
Rembercourt. — Au sortir du petit village de
Fains, la colline boisée qui forme l'un des ver-
sants de la vallée s'avance comme un promon-
toire dans la plaine, dominant de ses futaies à
pic l'eau tranquille d'un canal et les bâtiments
de la ferme. Au point culminant du bois, une
tranchée dévale brusquement en face de Rem-

bercourt, et par cette éclaircie on peut, sans être vu, plonger comme à vol d'oiseau au-dessus des cours et des jardins.

C'était là que Xavier venait s'installer chaque jour. Étendu à l'ombre, il épiait tranquillement, du haut de cet observatoire, tout ce qui se passait à la ferme. Pour amuser ses yeux, pendant les longues heures où il faisait le guet, la vallée prodiguait les charmes de son opulente parure d'été.— Les vergers, où déjà rougissait la cerise, étaient pleins d'oiseaux chanteurs ; les prés mûrs répandaient au soleil leur onduleuse et plantureuse verdure aux tons chauds semés çà et là de taches blanches ou dorées ; entre les saules et les peupliers, la rivière luisait par place comme de l'argent fondu ; et de l'autre côté des prairies, les côteaux de Varney et de Bussy détachaient sur le bleu du ciel leurs vignes d'un vert phosphorescent. Au milieu de tout cela, il y avait des envolements de pigeons aux ailes mélodieuses, de sonores claquements de fouet, des gloussements de volailles, et parfois le passage d'un train lancé à toute vapeur qui traversait la vallée avec un long sifflement. Mais Xavier Duprat, peu sensible au spectacle de la nature, n'était préoccupé que d'une chose : — le pavillon aux

volets verts qui s'élevait à l'un des angles du
mur de la ferme. Armé d'une lorgnette, il n'avait
pour objectif que ce corps de logis, dont la
blancheur ensoleillée tranchait sur les arbres du
verger. Il espérait toujours que Laurence, lasse
de sa réclusion, se laisserait tenter par l'ombre
fraîche de la futaie voisine et qu'elle viendrait
se promener sous bois.

Un jour, enfin, sa patience fut récompensée.
Il vit la jeune femme ouvrir la porte qui donnait sur la forêt, franchir rapidement le canal
et disparaître derrière les arbres de la lisière.
Leste comme un chevreuil, il dégringola le long
de la coulée ombreuse, et comme Laurence gra-
vissait le même chemin en sens opposé, à un
brusque tournant elle se trouva soudain en face
de Xavier Duprat.

Elle étouffa un cri de surprise, devint pourpre
et resta immobile au pied d'un hêtre.

— Pardon, madame, dit Xavier en saluant
très-bas, pardon de vous avoir effrayée. Croyez
bien que, malgré les apparences, cette rencontre
n'a rien de prémédité. Depuis une semaine, je
me trouvais si seul chez moi, la vue de vos persiennes constamment closes me faisait si triste-
ment sentir mon isolement, que j'ai voulu mar-

7

cher au grand air. Un secret attrait m'a poussé
de ce côté, mais j'étais loin d'avoir l'indiscrète
pensée de troubler votre retraite... Le hasard
seul a tout fait.

Laurence crut de ce petit discours ce qu'elle
voulut bien ; mais l'attitude du jeune homme était
si pleine de respectueuse admiration, sa voix
avait des inflexions si tendres, son air doux et
soumis contrastait si fort avec les audaces de
l'autre semaine, qu'elle pensa qu'un accès de
rigorisme serait ridicule ; au lieu de rebrousser
chemin, elle continua de marcher à côté de lui
dans le sentier qui était juste assez large pour
qu'on pût y passer deux de front en se frôlant
un peu.

Xavier avait une langue dorée, et il ne laissa
pas languir la conversation. Côte à côte, le bras
effleurant le bras, ils suivaient lentement les petites sentes moussues : le soleil, tamisé par les
hautes branches des hêtres, faisait pleuvoir des
gouttes lumineuses sur l'herbe et sur les feuilles ;
dans ce clair-obscur, çà et là des ancolies bleues
et de grands orchis tachetés dressaient leurs têtes
fleuries, tandis qu'au cœur de la futaie les loriots
brodaient des vocalises flûtées sur la basse profonde des ramiers roucoulants.

Sans déclamation, avec une grâce aisée et une
mélancolie adroitement mesurée, Xavier parlait
de son isolement, de ce besoin d'intimité qui lui
donnait parfois la nostalgie de la vie de famille.
Il avait eu une enfance si heureuse près de sa
mère qui l'adorait!.. Le futur substitut s'entendait à merveille à faire jouer les cordes du sentiment maternel et des joies familiales. Laurence
l'écoutait avec une sympathie toujours croissante.
La beauté de cette après-midi de juin ajoutait
encore aux séductions du langage de l'amoureux,
et pendant des heures la jeune femme resta sous
le charme, si bien que le soleil était déjà bas
quand elle songea à rentrer à la ferme. Il la re-
conduisit jusqu'à l'orée du bois, et lui arracha la
promesse de se retrouver le lendemain au même
endroit.

Elle y revint. Tous deux prenaient goût à cette
école buissonnière en pleine forêt. Le beau temps,
la délicieuse griserie de l'amour qui commence,
la piquante saveur du fruit défendu, et surtout
l'audace ingénue de la jeunesse faisaient passer
Laurence sur les périls de ces promenades clan-
destines. Quant à Xavier Duprat, ravi de la tournure que prenaient les choses, il se montrait
délicat et réservé, se gardant bien de gâter sa situa-

tion par de trop brusques attaques. Il savait rester sage et respectueux. En garçon raffiné et prudent, il se sentait d'ailleurs peu de goût pour les
Oarystis en plein air qu'un garde mal appris ou
un bûcheron indiscret peut venir déranger. Il
était semblable à un écolier qui a volé un beau
fruit, et qui, le sachant bien en sécurité au fond
de sa poche, se contenté de le tâter du doigt de
temps à autre, en se réservant de choisir son
heure pour le savourer à son aise. Il calculait
qu'une fois complétement maître de la volonté
de Laurence, il lui serait facile de s'insinuer
dans les bonnes grâces des deux Barbeaux, qui
étaient gens à mener par le nez. Il deviendrait
alors l'ami de la maison, le commensal préféré,
et, sans endommager sa réputation, sans compromettre son avenir, sans faire de scandale, il
trouverait dans le confortable logis de la rue du
Bourg bon souper, bon gîte... et le reste.

Un incident malencontreux vint gâter cette
aimable perspective. Jusque-là le beau-temps
avait favorisé les deux jeunes gens; mais une
après-midi, pendant qu'ils se promenaient sous
bois, le ciel se brouilla et un soudain coup de
tonnerre léur annonça un orage qui s'était formé
à la sourdine. Ils étaient sur le versant qui des-

cend vers Fains, et, par une éclaircie, ils virent
tout à coup la vallée obscurcie par de gros
nuages. La rivière était toute noire ; de larges
nappes de pluie poussées par le vent commen-
çaient à cacher les collines sous d'épaisses buées
grises, — ils ne pouvaient rester en plein bois,
et ils coururent le long de la lisière, en quête
d'un abri un peu plus imperméable que les branches des hêtres. Justement, au pied de la côte, il
y avait une brasserie, bien connue des pêcheurs
à la ligne, qui allaient s'y reposer auprès d'une
chope, quand le poisson ne mordait pas. — Laurence et Xavier, toujours courant, se précipi-
tèrent dans la *foulerie* qui formait une des dé-
pendances de l'établissement, et là, cachés derrière les cuves, ils attendirent la fin de la bour-
rasque. Il faisait si noir dans ce bâtiment, uniquement éclairé par la porte cochère, qu'ils ne
craignaient guère d'être reconnus. Au bout d'une
demi-heure, les éclats de tonnerre devinrent plus
sourds et plus lointains, la pluie diminua, et un
rayon de soleil, perçant gaîment l'obscurité de
la *foulerie*, annonça aux deux reclus qu'ils pouvaient reprendre la clé des champs.

Comme ils quittaient leur refuge, juste sous le
porche de la grand' porte, ils se jetèrent dans les

jambes d'un quidam qui accourait en sens contraire, et qui, trempé jusqu'à l'échine, se hâtait
d'entrer à la brasserie. Or, par une malheureuse
chance, ce quidam n'était autre que Delphin
Nivard.

Laurence le reconnut la première. — Courons,
dit-elle tout bas à Xavier, c'est M. Nivard !

Ils s'éloignèrent rapidement. Quand ils furent
à cent mètres : — Êtes-vous sûre que ce soit lui?
demanda Xavier.

— Je le crois, répondit-elle, car il doit dîner
ce soir à la ferme avec Hyacinthe et M. Lafrogne.

Xavier Duprat se retourna d'un air inquiet
vers la brasserie. C'était bien Nivard, en effet.
Il était revenu sur ses pas, et, planté sur le seuil
de la porte cochère, la main en abat-jour sur ses
yeux, il paraissait lorgner, à travers les dernières
buées de l'orage, le couple qui s'éloignait.

— Voilà qui est fâcheux! murmura Xavier
Duprat, dont la figure s'assombrit.

Laurence était tout aussi inquiète que son
compagnon ; mais, le voyant tourmenté, elle
voulut le rassurer. — Bah! reprit-elle, il ne nous
a vus que de dos et il a de mauvais yeux. Je vais
vite rentrer à Rembercourt où je changerai de

robe et de coiffure avant qu'il arrive, cela le dé-
routera. Soyez demain à l'entrée du bois , et je
vous conterai comment les choses se seront pas-
sées...

Ils se quittèrent là-dessus. — Le lendemain,
dès trois heures de l'après-midi, Xavier attendait Mme Lafrogne au rendez-vous indiqué.

Le même jour, vers deux heures, les employés
du bureau de Nivard furent fort étonnés de voir
leur chef de file enlever ses manches de lus-
trine, brosser son chapeau et quitter son fauteuil de cuir. Delphin Nivard était un modèle
d'assiduité, et sa conduite était tellement anor-
male qu'elle stupéfia tous les plumitifs de sa di-
vision. Le chef de bureau enfila une rue détour-
née, et, longeant les bords du canal , prit à son
tour la direction de la ferme. C'était le chemin
le plus long, mais aussi le moins fréquenté. Il
arriva ainsi , masqué par les arbres, jusqu'à la
lisière inférieure de la forêt, et là , sautant
dans le taillis avec l'agilité d'uu chat sauvage
et l'adresse d'un braconnier, il chemina sans
bruit sous la feuillée jusqu'en vue de Rembercourt.

Trois heures et demie venaient de sonner à
l'église de Fains quand Laurence quitta la ferme

et s'engagea dans le sentier où l'attendait le jeune Duprat.

— Eh bien ? demanda-t-il en scrutant d'un regard de juge d'instruction la figure un peu pâlie de la jeune femme.

— Rassurez-vous, répondit-elle, je crois que Nivard ne se doute de rien. Quand il est arrivé pour dîner, je m'étais métamorphosée des pieds à la tête ; il n'a point paru me soupçonner, et il n'a pas soufflé mot de sa rencontre... Étant donné l'homme, s'il eût eu le moindre soupçon, il me l'aurait fait entendre par quelque allusion méchante, car il ne m'aime pas, et il n'aurait pas été fâché de me jouer un tour.

— N'importe, reprit Xavier d'un ton bref, ces promenades en plein air sont imprudentes, et il faut y renoncer.

Elle lui jeta un coup d'œil surpris et attristé.
— Soit ! murmura-t-elle, puisque vous le désirez.

— C'est dans votre intérêt ! soupira-t-il avec un accent d'hypocrite abnégation.

Elle secoua les épaules et fit une moue peu résignée.

— D'ailleurs, insinua-t-il doucement, il me

semble qu'il y a un autre moyen de nous voir...
un moyen plus simple et moins périlleux.

— Lequel?

— Vous êtes seule le soir presque toute la semaine; qui vous empêche de me recevoir à Rembercourt?

— C'est impossible! que penseraient les fermiers et les domestiques?

— Votre pavillon est séparé de la ferme par
les jardins, et tous ces gens-là se couchent
comme les poules, sitôt la nuit venue.

— Je ne suis pas seule, j'ai avec moi Marianne.

— Votre femme de chambre?.. Elle loge
dans les combles et vous au rez-de-chaussée . . .
Vous pourriez vous débarrasser d'elle de bonne
heure, et, si vous laissiez ouverte la porte du
bois, il me serait facile d'entrer chez vous, à la
nuit close...

— Je ne ferai jamais cela! interrompit-elle
avec véhémence, ce serait mal.

— Le mal gît surtout dans le scandale, répliqua-t-il d'un ton coupant et dur qu'elle ne lui
connaissait pas encore; plutôt que de vous exposer aux médisances du public, dans ces courses à

7.

travers les chemins, j'estime qu'il vaut mieux renoncer à nous voir.

Elle baissa la tête et resta un moment silencieuse. — Non, murmura-t-elle enfin, comme si elle se répondait à elle-même, je ne puis pas vous faire entrer clandestinement à Rembercourt... Prêter les mains à une pareille chose, ce serait de ma part une sorte de trahison.

— Aimez-vous mieux que j'y entre en escaladant le mur? demanda-t-il d'un air ironique.

Elle eut la naïveté de prendre cette bravade au sérieux. — Ne vous en avisez pas ! s'exclamat-elle effrayée, on lâche les chiens à la nuit, et ils vous sauteraient à la gorge !

Il vit tout le parti qu'il pouvait tirer de cette crédule appréhension, et, poursuivant d'un ton résolu : — J'en ferai l'essai dès demain soir à neuf heures, dit-il, n'en déplaise aux molosses de M. Lafrogne.

— Mais, c'est une folie ! s'écria-t-elle en joignant les mains, vous perdez la tête, monsieur.

— Je vous jure que je suis parfaitement de sang-froid... J'escaladerai demain la muraille, à moins que vous ne préfériez m'ouvrir la porte du bois.

— C'est impossible.

— C'est votre dernier mot?.. à demain donc,
et il en adviendra ce qu'il plaira à Dieu.

D'un air offensé, il la quitta brusquement, remonta le sentier et disparut avant qu'elle pût
ajouter une parole.

IV

Vers une heure de relevée, les deux Barbeaux
travaillaient dans leur petit bureau poudreux ,
orné d'échantillons de bois de teinture, de regis-
tres à dos verdâtre et de factures embrochées
dans des tiges de fer. Il faisait très-chaud : par
la fenêtre ouverte où grimpaient, en guise de ja-
lousies, des capucines et des volubilis, on entendait le bourdonnement sourd des mouches à miel
dans les banquettes de balsamines, et, par moments, des bouffées d'air tiède apportaient du
fond de la cour des émanations poivrées de gin-
gembre et de noix muscade.

Hyacinthe, perché sur un tabouret, les jambes
de son pantalon soigneusement remontées, afin
que l'étoffe ne prît point de faux plis aux genoux,
transcrivait des factures sur son livre-journal,

et, entre les barreaux du tabouret, on apercevait
ses chevilles maigres, chaussées de bas gris.
Germain, la pipe entre les dents, décachetait un
supplément de courrier que venait d'apporter le
facteur de midi.

Au milieu de ces dépêches commerciales sur
papier bleu, une lettre timbrée de Villotte attira
son attention. Dans une petite ville, il est rare
qu'on emploie la poste pour communiquer avec
ses voisins. La suscription de l'enveloppe portait
le nom de Germain Lafrogne, écrit d'une main
d'écolier inexpérimenté. Le cadet des Barbeaux
déchira le cachet et se mit à lire. Tout à coup il
posa brusquement sa pipe sur la table et poussa
une exclamation qui fit tourner la tête à Hya-
cynthe. Germain était pâle et ses mains trem-
blaient.

— Qu'y a-t-il, cadet? demanda l'autre étonné.

Germain tendit la lettre à son frère. — Tiens,
voici ce qu'on m'écrit, murmura-t-il d'une voix
altérée.

Hyacinthe lut à son tour la lettre, qui était
ainsi conçue :

« On engage M. Germain Lafrogne à se défier
de son locataire, qui rôde beaucoup trop souvent
du côté de Rembercourt. Du reste, s'il veut sa-

voir pourquoi sa femme était si pressée de s'installer à la ferme, et s'il veut être édifié sur les
rapports de cette dernière avec M. Duprat, il n'a
qu'à se trouver ce soir même à Rembercourt, à
la nuit tombante. A bon entendeur, salut. »

— C'est une infamie ! s'exclama Hyacinthe.

— Oui, celui qui a lancé ce billet a visé juste...
Cela m'a donné comme un coup de couteau au
cœur.

— Voyons, reprit l'aîné d'un ton qui voulait
être rassurant, je pense que tu ne vas pas croire
à une dénonciation anonyme ?

— Je voudrais n'y pas croire... Mais quel
intérêt aurait-on à m'écrire cela?.. Nous n'avons
pas d'ennemis.

— Nous avons des envieux... Et puis, il y a
tant de mauvais plaisants.

— On ne risque pas de pareilles plaisanteries,
dit Germain d'un air sombre, en allant fermer la
fenêtre... Depuis que j'ai lu ce papier, il m'est
venu un tas de réflexions que je n'avais jamais
faites et qui me frappent tout d'un coup... Laurence est jeune, et j'ai le double de son âge ; elle
aime le plaisir, et nous ne sommes pas amusants ; enfin je suis un ours, et ce monsieur de
là-haut est un joli cœur...

— Un garçon si réservé, si pieux !.. Je ne peux
pas croire qu'il soit capable d'une pareille noir-
ceur !

— Tu ne connais pas le monde, Hyacinthe,
tu juges toujours les autres d'après toi... Vois-tu,
nous n'entendons rien aux femmes, ni l'un ni
l'autre... Ah ! nom d'une balle, s'écria-t-il en se
rasseyant, je voudrais déjà être à ce soir... Je
souffre trop !

— Tu iras là-bas ?

— Tu le demandes ? repartit Germain d'une
voix amère et irritée.

— Écoute, cadet ! reprit le brave Hyacinthe
après avoir médité un moment, veux-tu un bon
conseil ? Pars tout de suite pour Rembercourt. Si
cette accusation a quelque fondement, il vaut
mieux prévenir le mal que d'avoir à le punir. Ta
présence empêchera ta femme de commettre une
faute, et la sauvera peut-être.

— Non, répliqua nettement Germain, maintenant que le soupçon m'est entré dans la cervelle, un pareil expédient ne me l'enlèverait pas...
En supposant que je trouve Laurence tranquille
dans son jardin et que rien ne se passe ce soir,
je me dirais toujours : « Si je n'étais pas arrivé,
que se serait-il passé ? » Et je serais continuel-

lement tourmenté par un doute ; non, dussé-je
en crever, j'attendrai jusqu'à la nuit, je me fau-
filerai là-bas sans être vu... Et j'en aurai le
cœur net.

— Alors tu m'emmèneras avec toi.

— Viens, si tu veux... Maintenant reprenons
notre besogne et patientons !

Ils reprirent leurs écritures ; mais ni l'un ni
l'autre n'avaient grand goût au travail. Les chif-
fres s'enchevêtraient devant leurs yeux, et leur
esprit était ailleurs. Les heures se traînèrent
lentes, silencieuses, interminables. Ils entendirent Xavier Duprat rentrer dans son appartement et s'installer à son bureau. Hyacinthe fit
un geste éloquent, en montrant le plafond comme
pour dire : — Tu vois bien, il reste chez lui, et
on le calomnie. — A quoi Germain répondit par
un haussement d'épaules. Le soleil glissa petit à
petit le long des capucines en fleurs, remonta au
premier étage, puis s'envola au faîte du toit. Dans
la cour moins lumineuse, où flottaient toujours
d'aromatiques senteurs d'épices, le bourdonnement des abeilles s'apaisa ; puis Catherinette
vint annoncer que le dîner était prêt. Ils man-
gèrent tous deux du bout des dents ; ils essayaient
de se forcer, mais la nourriture s'arrêtait dans

leur gosier, et ils restèrent accoudés sur la table, sans mot dire, auprès du dessert intact, jusqu'au moment où le crépuscule assombrit les panneaux de chêne de la salle.

—Allons, murmura Lafrogne cadet en se coiffant de son feutre, il est temps... Nous prendrons la route des Romains.

Ils sortirent par la rue du Bourg, enfilèrent des ruelles détournées et s'enfoncèrent dans le chemin qui longe les vignes de Chanteraine.

Ils firent le trajet sans prononcer un mot. La nuit était tout à fait venue, une nuit sans lune, propice aux rendez-vous amoureux. Quand ils furent en vue de Rembercourt, au lieu de suivre la route, ils contournèrent les murs de la ferme, et s'engagèrent dans les prés. Il y avait du côté de la rivière une petite porte dont Germain avait gardé la clé. C'est par là qu'ils pénétrèrent dans l'enclos, où tout semblait assoupi et où l'on n'entendait que le chant nocturne des grillons dont le vague bourdonnement semblait être la respiration sourde des champs endormis.

Pendant ce temps, le calme était loin de régner dans l'appartement de Laurence. Derrière les persiennes closes, deux voix y troublaient le silence de la nuit : l'une, tour à tour irritée et suppliante ; l'autre virile, insinuante, et dont les intonations ressemblaient fort à celle de M. Duprat.

C'était Xavier, en effet, que Laurence avait eu l'étourderie de recevoir chez elle. Craignant qu'il ne recourût à une escalade, comme il l'en avait menacée, elle n'avait pas osé fermer la porte du bois ; à la nuit close, dès qu'il avait été certain que la femme de chambre s'était retirée, Duprat s'était hâté de pénétrer dans la pièce du rez-de-chaussée où la lueur d'une lampe lui faisait supposer que Mme Lafrogne devait se trouver. Une fois établi dans la place, il s'était promis de n'en point sortir de sitôt, et, estimant que cette chambre confortable et coquette était un séjour préférable aux humides talus de la forêt, il usait de son éloquence la plus persuasive pour obtenir la permission d'y rester. Il avait posé sans façon son chapeau sur un meuble et demeurait impassible devant la jeune femme qui le suppliait de s'éloigner.

— Soyez raisonnable, lui disait-elle, et pour plus de précaution elle avait mis entre elle et lui un grand fauteuil derrière le dossier duquel elle s'appuyait comme pour s'en faire un rempart, — je vous ai donné une preuve de confiance en vous laissant entrer, ne me forcez pas à m'en repentir, et quittez-moi.

— Vous êtes cruelle, madame, répliquait-il d'un ton à la fois hardi et câlin, après m'avoir conduit au seuil de la terre promise, vous voulez que je me contente de l'avoir entrevue .. Vous me croyez plus héroïque que je ne suis.

— Je vous crois un homme d'honneur, trop bien élevé et trop respectueux pour rester chez une femme malgré elle.

— L'amour n'est pas respectueux à ce point, et je vous aime trop passionnément pour ne point passer par-dessus les bienséances vulgaires... J'ajouterai, continua-t-il avec une légère nuance d'ironie, qu'en venant vous-même un matin chez moi vous m'avez montré clairement que la sympathie nous fait souvent sauter à pieds joints par-dessus les convenances mondaines.

— Si j'ai été étourdie, murmura-t-elle en rougissant, c'est peu généreux de me le rappeler et surtout d'en abuser.

— Pardon, mais êtes-vous généreuse, à votre tour, en détruisant brusquement une espérance que vous avez été la première à faire naître ?

— Quelle espérance ? s'écria-t-elle irritée,
expliquez-vous, je ne vous comprends pas!

— Si j'ai été assez hardi pour espérer, poursui-
vit-il, n'y ai-je pas été encouragé tout d'abord?..
Il y a des regards qui sont presque une promesse
d'amour, et j'ai cru voir ces regards-là tomber de
vos yeux sur moi. Au fond de ma solitude, je
vous aimais silencieusement et sans espoir; mais
permettez-moi de vous le rappeler, c'est vous
qui m'avez poussé à sortir de ma réserve, et, ce
qui n'est pas généreux, c'est de rejeter mon
amour, après m'avoir laissé croire que vous
m'aimiez.

Si peu délicat que fût ce reproche, il tombait
juste et ne laissait pas d'embarrasser la jeune
femme. Pliant la tête sous les arguments que lui
lançait Xavier, elle sentait trop combien la lutte
était inégale; pourtant elle ne voulait pas faiblir,
et elle essayait de se débattre contre les dangereuses conséquences de ses précédentes étour-
deries.

— J'ai été légère, c'est possible! s'exclama-
t-elle les larmes aux yeux, j'étais aveugle, mais
tout ce que vous me dites me rend plus clair-
voyante, et je ne veux plus encourir le même
reproche.

— C'est un peu tard, murmura-t-il en souriant doucement et en se rapprochant du fauteuil.

— Non, monsieur, dit Laurence en se rencognant de plus en plus entre le mur et le meuble qui la protégeait ; si vous ne vous retirez pas de bon gré, je vous jure que je vais appeler Marianne !

— Vous ne ferez pas cela, repartit Xavier d'un ton calme, à quoi bon ? Personne ne croirait que j'aie pu entrer ici sans votre consentement ; ma présence à une pareille heure ne s'expliquerait que par une complaisance de votre part, et un esclandre me compromettrait sans vous excuser.

Cette impitoyable logique accablait Laurence ; elle se sentait à la merci de cet homme, il la tenait déjà moralement entre ses mains, et sa force de résistance commençait à s'épuiser. — Ah ! balbutia-t-elle désespérée, ce n'est pas d'un galant homme ce que vous faites là, c'est de la lâcheté !

— Non, reprit-il, mais cette fois avec une voix pleine d'inflexions caressantes ; non, c'est de l'amour.... l'amour le plus fervent et le plus passionné !.. Pourquoi êtes-vous si ineffablement belle ? C'est votre beauté qui me trouble et me

fait tout oublier. Ne soyez pas cruelle, laissez-
moi vous adorer à genoux ! Je vous promets un
amour brûlant, discret, religieusement fidèle. Je
mettrai à vos pieds tout mon dévouement, toute
ma jeunesse ; vous serez la reine de mon cœur, la
souveraine de mes pensées. Je vous donnerai le
bonheur que vous rêviez, que vous n'avez pas
trouvé, et personne n'en saura rien... Rendez-
moi votre confiance, permettez-moi de vous aimer
et de vous servir !

Tout en parlant, il s'était mis à genoux et
s'était assez rapproché pour effleurer les plis de
sa robe. Il s'efforçait de s'emparer de ses mains
qu'elle lui refusait encore, mais déjà plus faiblement. Énervée, fascinée et tremblante, elle
voyait venir le moment où elle ne pourrait plus
se défendre contre cette étreinte qui allait l'en-
velopper. Tout à coup le sable du jardin cria
sous des pas rapides. Xavier, interdit, se remit
d'un bond sur ses pieds...

— Sultan ! Médor !.. ici ! s'exclamait Germain
d'une voix éclatante.

— Mon mari !.. Je suis perdue ! murmura Laurence en s'appuyant contre la muraille pour ne
pas tomber.

Déjà on ouvrait la porte du pavillon. M. Duprat, blême, effaré, s'élança vers la fenêtre et, poussant les persiennes, il allait sauter dans le jardin, quand devant lui se dressa la longue figure d'Hyacinthe, flanqué des deux chiens de garde qui grognaient d'une façon significative.

— On ne passe pas ! dit flegmatiquement le frère aîné, rentrez !

Xavier recula, la tête perdue, et se trouva face à face avec Germain, qui venait d'ouvrir la porte de la chambre.

Les yeux du mari, fouillant l'intérieur de la pièce, se fixèrent d'abord sur Laurence, debout entre le mur et le fauteuil dont elle s'était fait un rempart, puis ils tombèrent sur Duprat, qui reculait devant Hyacinthe comme devant un spectre.

D'un bond Germain s'élança sur l'apprenti magistrat, et l'empoignant rudement par son col et sa cravate, il lui lança d'une voix sourde l'une des plus méprisantes injures du vocabulaire meusien : — *Malabre !*

— Pas de violence, monsieur ! balbutia Duprat, je me soumets à tout, mais ne me brutalisez pas !

Avec ses regards terrifiés, sa pâleur de noyé, il était piteux ; son corps tremblait, sa voix était

devenue rauque. Germain regarda en face ce
grand garçon à l'apparence robuste, que la
frayeur rendait tout à coup plus débile qu'une
vieille femme; il en eut pitié et, retrouvant son
sang-froid à mesure que l'autre devenait de plus
en plus épeuré, il se borna à secouer vertement
son perfide locataire, et à le jeter sur un fauteuil
où Duprat s'affaissa comme un paquet de linge
mouillé.

— Je ne veux pas d'esclandre ici, dit le mari
de Laurence, et je ne toucherai pas à votre
peau ! — Il alla fermer la porte qui était restée
entr'ouverte. — Écoutez-moi bien, reprit-il d'une
voix basse et lente, je pourrais vous saigner comme
un poulet... Vous savez aussi bien que moi que
vos tribunaux n'auraient rien à me faire... Mais
vous ne valez pas même un coup de poing ! Vous
allez sortir d'ici; arrangez-vous pour que je ne
vous retrouve pas demain à Villotte, car si jamais je vous rencontre dans mon chemin, il n'y
aura pas de lois qui tiennent, et je vous décar-
casserai, aussi vrai qu'il y a un Dieu !.. Maintenant filez... Hyacinthe, reconduis-le !

M. Duprat s'était hâté de se lever, et les jambes chancelantes, le dos voûté, les yeux à terre,
tête nue et les cheveux en désordre, il se diri-

geait vers la porte, sans oser regarder Laurence.

— Vous oubliez votre chapeau ! lui dit Germain d'un ton tranquillement dédaigneux.

Il se retourna craintivement, s'empara de sa coiffure avec un geste oblique et rapide, et ouvrit la porte en tâtonnant. Tandis qu'il disparaissait dans le corridor, Germain, les bras croisés, la face tournée vers la porte, montrait sa solide carrure, son buste énergique et sa tête chevelue à Laurence, qui avait assisté comme une statue à ce brusque dénoûment. Quelles que fussent ses terreurs et ses angoisses personnelles, la jeune femme ne pouvait s'empêcher d'admirer ce rude chasseur, si contenu dans sa force, si maître de lui et si digne dans les moments les plus terribles. Elle le comparait involontairement au triste amoureux dont elle entendait encore les pas chancelants au fond du jardin, à ce phraseur couard qu'elle avait eu la faiblesse de prendre pour un héros de roman. Elle méprisait Xavier, la honte et le dégoût la prenaient en songeant que cet homme avait posé ses lèvres sur son visage. En un clin d'œil, le ridicule venait de tuer son amour coupable.

On distingua le bruit de la petite porte qu'Hyacinthe verrouillait. Germain alors rentra

8

dans la chambre et se retourna vers sa femme,
qui attendait avec un horrible battement de
cœur l'explosion de la colère du mari outragé.

— Rassurez-vous, dit-il d'une voix très-calme,
je ne vous adresserai ni reproches ni gros mots.
C'est inutile, je ne veux pas de scandale. Pour
l'honneur de notre famille, il ne faut pas qu'on
puisse clabauder sur notre compte. Nous sauve-
rons les apparences ; mais vous comprenez qu'il
n'y a plus entre nous d'intimité ni de confiance
possibles. Nous serons séparés de fait, voilà tout...
Je m'arrangerai pour demeurer ici le plus souvent ; vous, vous resterez dans notre maison de
Villotte, et je veillerai à ce que vous n'y man-
quiez de rien...

Laurence fit un geste comme pour protester,
mais il ne lui laissa pas le temps de l'interrompre
et continua résolûment : — Je le veux, et c'est
bien le moins que vous m'obéissiez... Vous ha-
biterez Villotte ; Hyacinthe vous y ramènera
demain... Je n'ai rien de plus à vous dire.

Il tourna le bouton de la porte et sortit sans
même regarder sa femme. Celle-ci avait repoussé
le fauteuil placé devant elle et s'était élancée
vers son mari. Elle voulait se jeter à ses pieds,
implorer son pardon, le prier d'écouter l'aveu

de sa honte et de son repentir. — Monsieur!
s'écria-t-elle d'une voix suppliante...

Mais il ne fit pas mine de l'entendre ; il cau-
sait avec Hyacinthe dans le couloir. Peu après,
il ferma la porte d'entrée, puis il monta avec
son frère au premier étage, et toute la maison
retomba dans un profond silence, interrompu
seulement par le ruissellement lointain de la rivière et le bourdonnement tremblotant des grillons dans le jardin.

V

La maison des deux Barbeaux redevint plus
mélancolique , plus silencieuse et plus solitaire
qu'au temps de Mlle Lénette. Les persiennes des
fenêtres donnant sur la rue du Bourg restaient
hermétiquement closes, sauf pendant deux heures, le samedi, quand Catherinette époussetait
les meubles et cirait l'appartement. La porte
d'entrée ne s'ouvrait pas deux fois le jour. L'intérieur, où les tapis amortissaient le bruit des
pas, avait l'aspect demi-obscur et la taciturnité
d'un cloître : on ne s'y parlait qu'à voix basse,
comme dans une église.

M. Xavier Duprat, en garçon prudent, n'avait
pas attendu au lendemain pour déguerpir. Dans
la nuit même , il avait pris le premier train partant pour Metz. Une fois en sûreté dans le sein

de sa famille, il avait prétexté une subite maladie, et, ayant sollicité de son procureur un
congé illimité, il avait chargé un collègue d'enlever du logis Lafrogne ses livres et ses effets mo-
biliers. Huit jours après, Germain ayant fait net-
toyer le logement vacant, y avait transporté ses
hardes et ses papiers. C'était là qu'il couchait lorsqu'une affaire imprévue le retenait à Villotte ;
le reste du temps, il vivait à la ferme.

Quant à Laurence, elle menait une existence
de recluse et de pénitente. Son premier soin
avait été de congédier sa femme de chambre et
de se contenter du service de Catherinette. Puis
elle avait opéré une réforme dans sa garde-robe;
adieu les toilettes pimpantes, les nœuds de ru-
bans et de dentelles, tous les raffinements de
coquetterie qu'elle prenait plaisir à inventer.
Elle avait revêtu une simple robe de laine noire
montante, et elle avait serré ses bijoux dans
leurs écrins. Les meubles du boudoir et du salon
avaient été ensevelis sous des housses, les cuivres et les lustres de cristal de roche dormaient
emprisonnés dans de la gaze. Elle n'habitait
plus que sa chambre à coucher, où un portrait de
la tante Lénette, un vieux pastel aux couleurs
demi-effacées, lui jetait soir et matin un regard

8.

réprobateur. Elle ne voyait personne si ce n'est,
aux heures des repas, le méthodique Hyacinthe,
qui venait mélancoliquement s'asseoir en face de
sa belle-sœur.

Ils se parlaient peu, sauf en présence de Catherinette; mais, quand ils se trouvaient en
tête à tête, l'aîné des Barbeaux devenait muet
comme l'un des poissons de son enseigne. Il
mangeait, le nez dans son assiette; quand parfois Laurence levait les yeux vers lui d'un air
suppliant et qu'il pressentait qu'elle voulait faire
appel à sa miséricorde, il détournait la tête et
entamait une conversation intime avec le chat
de la maison qui lui frôlait les jambes. Laurence
n'osait insister; elle comprenait qu'elle avait en
Hyacinthe un juge indigné, et d'autant plus ran-
cunier qu'il avait été le dernier à la croire coupable. Après le dessert, Hyacinthe, repliant minutieusement sa serviette dans les plis, se levait,
allait frapper deux ou trois petits coups secs sur
le baromètre, en murmurant : « Il pleuvra demain, » ou « le temps est au beau, » puis il
poussait un gros soupir et s'esquivait sans bruit,
comme il était entré.

Germain n'assistait à ces repas que rarement,
les soirs où il était forcé de coucher à Villotte, et

alors le·dìner était encore plus lugubre. Laurence n'osait ni lever les yeux ni remuer, et si,
par distraction, son mari lui adressait la parole,
elle croyait deviner dans chaque mot une intention amère ou méprisante. Lorsqu'il lui arriva
pour la première fois de partager le souper de
famille, Germain resta sombre et taciturne jusqu'à ce qu'on eût desservi; mais, au moment de
se lever, il dit à Laurence sans la regarder :

— On a donc renvoyé Marianne ?

— Oui, monsieur, murmura-t-elle, c'était une
dépense inutile, j'ai voulu m'habituer à me servir
moi-même.

— En effet, répliqua-t-il d'un ton sarcastique,
cette fille ne pouvait plus vous être utile, maintenant... Je comprends !

Elle crut qu'il insinuait que Marianne lui avait
servi de complice à Rembercourt, et elle voulut
protester, mais il lui ferma la bouche par un :
— C'est bien ! — très-sec, et il sortit avec Hyacinthe.

Ces coups de boutoir de Germain étaient pour
elle la pire des tortures. Elle sentait qu'il la ju-
geait plus coupable qu'elle ne l'était en réalité,
et qu'il avait pour elle un mépris dédaigneux.
Parfois, humiliée et endolorie, elle voulait l'aller

trouver et tenter de se justifier ; puis elle prenait
peur, elle savait d'avance que, rien qu'en en-
tendant sa parole rude et ironique, elle se trou-
blerait et n'arriverait qu'à gâter davantage la situation. Elle préférait se taire et attendre. Elle
craignait, en provoquant une explication, de
perdre sa dernière espérance, et elle tenait tant
à la conserver !

Elle y tenait, non par intérêt ou par amour-
propre, — mais par suite d'un sentiment d'une
nature plus mystérieuse et plus tendre. Elle voulait reconquérir l'estime de Germain, tout simplement parce qu'elle commençait à aimer son
mari.

Oui, Laurence aimait Germain Lafrogne. Le
labyrinthe du cœur féminin, si compliqué et si
plein de routes enchevêtrées, a de ces tournants
étranges et de ces surprises merveilleuses. Les
femmes subissent irrésistiblement l'attrait de la
force, et, comme madame Sganarelle, « il leur
plaît d'être battues ». Celui qui veut gagner leur
tendresse doit les battre moralement ou physi-
quement, selon leur position et leurs habitudes
sociales.

Du moment où Laurence avait vu Xavier pâlir
et trembler sous le regard de son mari, elle

n'avait plus eu que du mépris pour ce lamentable amoureux, et, du même coup, son admiration pour Germain était née. L'idole primitive-
ment adorée avait été brisée ; mais, en même
temps, un dieu plus imposant s'était dressé à la
même place sur un piédestal tout neuf, comme
dans les évolutions de la mythologie antique. Le
sang-froid dont Germain avait fait preuve, la
façon dont il avait su vaincre sa colère, la sauvage grandeur avec laquelle il avait congédié le
coupable et la magnanimité hautaine avec laquelle il avait traité Laurence, tout cela avait
fortement frappé la jeune femme. Loin de le
trouver ridicule maintenant, elle le regardait
avec une sorte de crainte tendre qui est le commencement de l'amour. La rusticité du farouche
chasseur avait même à ses yeux une âpre couleur de réalité qu'elle trouvait plus belle que
toutes les sentimentalités romanesques dont elle
avait jadis peuplé son imagination. Elle était
maîtrisée par cet homme fort et elle souffrait
cruellement de l'avoir offensé.

Se réhabiliter dans le cœur de son mari était
son unique désir. Mais comment arriver à le
convaincre et à se disculper ? Comment détruire
les préventions de Germain, quand toutes les ap-

parences étaient contre elle, et quand celui qui
aurait pu plaider sa cause, quand Hyacinthe lui-
même la tenait en suspicion?.. Elle voulut du
moins montrer aux deux frères qu'elle n'était
point la femme frivole qu'on supposait, et qu'elle
pouvait devenir aussi sérieuse, aussi bonne mé-
nagère que la tante Lénette. Elle se fit initier
aux détails du ménage par Catherinette; la maison fut tenue avec une stricte économie, et,
comme au bon temps d'autrefois, les deux Barbeaux trouvèrent leur linge en ordre et leurs vêtements d'hiver et d'été préparés à point. Parfois
elle s'enfermait dans sa chambre, en tête-à-tête
avec le pastel de la tante Lénette, et elle demandait à l'image fanée de la vieille fille de lui ins-
pirer les moyens de reconquérir Germain; mais
les traits de la défunte restaient rechignés et im-
passibles, et ses sévères yeux gris semblaient
dire à l'infortunée pénitente : « Je n'ai pas
confiance! »

Un jour, en furetant dans un secrétaire fermé
depuis la mort de la tante, elle trouva un registre
manuscrit, aux feuillets de papier verdâtre couverts d'une grosse écriture. C'était ce que nos
pères appelaient leur *livre de raison*, le mémo-
randum où ils consignaient à la fois leur dépense

et les événements de la vie domestique. Toute
l'existence patriarcale des Thoiré et des Lafrogne
y était relatée naïvement et au jour le jour, jusqu'à l'heure où Mlle Lénette avait cessé d'écrire.
La vie passée de Germain s'y déroulait depuis
l'heure de son baptême.

Laurence parcourut ces longues colonnes de
comptes avec l'intérêt qu'elle avait mis jadis à
dévorer *Valentine*. Il lui semblait qu'elle entrait
ainsi intimement dans la vie de son mari, et
l'animation qu'elle apportait à cette lecture ré-
trospective montrait mieux que tout ce qu'on
pourrait dire combien elle était possédée par le
désir de mêler désormais ses pensées et ses
émotions à celles de Germain. Il restait encore
beaucoup de pages blanches sur le registre. Laurence le serra dans son pupitre, et à partir de ce
moment elle y inscrivit les dépenses de la
maison.

Elle sortait peu. On ne la voyait guère que les
dimanches à l'église, à la messe de neuf heures.
Naturellement la ville s'était préoccupée des
changements survenus dans la maison des deux
Barbeaux, on avait flairé quelque drame intime
et on avait beaucoup glosé sur l'étrange façon de
vivre des deux époux. Delphin Nivard seul aurait

pu donner des éclaircissements sur ce mystère ;
mais comme il ne se sentait pas la conscience
nette et comme il ne se souciait pas de renouveler
connaissance avec la rude poigne de Germain, il
avait mis une martingale à sa langue et se contentait de savourer en son par-dedans le mal
qu'il avait fait. De guerre lasse, les curieux
avaient renoncé à chercher la clé de l'énigme, et
quand le hasard de la conversation amenait
Mme Lafrogne sur le tapis, on se bornait à haus-
ser les épaules. — Elle a une maladie noire, disaient les commères, c'est bien triste pour son
mari. — Et on s'en tenait là.

Une maladie noire, en effet. A mesure que les
mois se passaient, la jeune femme perdait courage
et patience. Dans le plein éclat de ses vingt ans,
un deuil intérieur assombrissait pour elle les plus
claires journées de soleil et les plus belles fêtes
de l'été. Elle se disait que son printemps était
manqué, et elle se comparait mentalement à un
arbre fruitier en fleurs atteint mortellement par
la gelée d'une nuit de mars. — Tout était admi-
rablement préparé : les étamines d'or se pressaient tendrement autour du pistil vert ; le vent
du nord avait soufflé et avait tout perdu. Les
corolles blanches restaient encore sur les bran-

ches, mais un petit point noir marquait la place
du pistil brûlé par la gelée. — Laurence se trouvait plus misérable encore que cet arbre mal-
chanceux, car elle savait que, si sa vie était
manquée, c'était par sa faute.

Pendant un temps elle s'était flattée de l'espoir que son changement de vie et son dévouement pour la maison attendriraient le cœur
du maître et que, jugeant la pénitence assez
longue, il s'adoucirait jusqu'à pardonner. Maintenant elle commençait à désespérer. Il y avait
bientôt un an que durait cette situation, on touchait presque à l'anniversaire de la fatale scène,
et rien n'indiquait que Germain fût disposé à
l'indulgence. Il employait ses journées à Rembercourt à surveiller la ferme ou à faire des
chasses enragées à travers bois. Lorsqu'il apparaissait à Villotte, Laurence l'apercevait à
peine. De temps à autre seulement, quand elle
avait le dos tourné, il lui jetait à la dérobée des
regards en dessous, moitié tristes, moitié soup-
çonneux ; ou bien, à table, il avait parfois de
brusques accès de toux, comme s'il eût voulu
étouffer un soupir ou une émotion qui lui montait à la gorge. Le plus souvent, il se retirait de
bonne heure dans le logement jadis occupé par

Duprat, et il en partait dès l'aube. Pour l'entrevoir, Laurence se levait de grand matin, et, cachée derrière ses rideaux, elle épiait son réveil; elle le suivait des yeux tandis qu'il procédait à sa rapide toilette de chasseur, le cou nu, la chemise entr'ouverte, la poitrine à l'air. La vie active l'avait conservé jeune, il n'y avait pas un fil d'argent dans sa barbe ni dans ses cheveux, ses yeux bruns brillaient d'un éclat viril sous ses gros sourcils noirs, et Laurence le trouvait beau.

Si en apparence Germain restait impitoyable, du moins Hyacinthe s'était adouci. L'aîné des Barbeaux rendait justice aux efforts de sa belle-sœur. Comme il était d'un naturel compatissant, il la plaignait tout bas, et un soir que Lafrogne jeune avait soupé à Villotte, il l'entreprit à ce sujet:

— Cadet, lui dit-il, en le reconduisant dans sa chambre, tu es bien dur pour Laurence. Je t'assure que la pauvre femme a du bon et qu'elle s'est fort amendée... Il ne faut pas vouloir la mort du pécheur, et une âme chrétienne doit savoir pardonner.

— Je ne suis pas une âme chrétienne, répliqua rudement Germain, je suis un mari indignement

trompé et qui ne veut pas l'être une seconde
fois... Chat échaudé craint l'eau froide.

— Mais, Germain, tu exagères peut-être aussi
les choses... D'après ce que nous avons entendu
de la conversation de ta femme avec ce misérable
Duprat, il est évident que Laurence lui résistait ;
la faute n'avait pas été poussée jusqu'à ses dernières conséquences, et, en bonne justice, il est
de règle que l'intention n'est pas réputée pour le
fait.

— Vas-tu recommencer ta plaidoirie sur la
coupe de Pharaon et le sac de Benjamin ? interrompit sarcastiquement Germain ; tu n'es pas
bon avocat, mon pauvre Hyacinthe, peu importe
que la faute ait été entière !.. Ce qui est certain,
c'est que Laurence se moquait de moi et abusait
de ma confiance.

— Tu l'as punie, et aujourd'hui elle se repent,
elle souffre...

— Moi aussi j'ai souffert !.. je souffre encore.

— Possible, mais peut-être est-il juste que
nous pâtissions aussi, car tous les torts ne sont
pas du côté de Laurence, et nous en avons notre
part.

— Vraiment ! s'écria Germain avec ironie, et
lesquels ? Serait-ce de l'avoir prise sans un sou

vaillant et de lui avoir donné une maison confortable où elle vivait comme une reine ?

— C'est, repartit lentement Hyacinthe, de
l'avoir prise par égoïsme et non par affection.
Soyons consciencieux, cadet, et reconnaissons que
dans ce mariage nous n'avons vu que notre intérêt et non le sien. Laurence était pour nous une
manière de femme de charge bien élevée et rien
autre. Nous ne nous sommes pas dit qu'elle était
jeune et que nous, nous étions vieux, qu'elle avait
besoin de grand air et de distractions, et que nous
l'enfermions sans pitié dans les quatre murs de
notre vie casanière. Or, si l'on veut être aimé des
gens, il faut les aimer un peu pour eux-mêmes
et non uniquement pour soi... Voilà quels sont
nos torts, mon camarade ; ils n'excusent pas les
siens ; mais, selon mon humble *jugeotte*, ils sont
suffisants pour que nous nous montrions moins
raides... Je tenais à te dire cela ce soir, et là-
dessus je te laisse à tes réflexions... Bonne nuit.

— Bonsoir ! grommela le cadet en fermant sa
porte.

Germain dormit mal. Quand il se leva, l'aube
blanchissait à peine au-dessus de la cour, et on
n'entendait que le gazouillis des hirondelles sous
le chéneau du toit. Il alluma sa pipe et s'accouda

pour fumer derrière ses persiennes entre-bâillées.
La maison sommeillait encore. Catherinette,
alourdie par l'âge, avait les jambes moins alertes
et descendait tard à sa cuisine. En face, aux
fenêtres de Laurence, les rideaux tirés restaient
immobiles. Un coq chanta dans la basse-cour, de
petits nuages roses moutonnèrent dans le ciel, et
l'*Angelus* sonna au couvent des dominicaines.
Au même moment, la porte du vestibule tourna
sur ses gonds, et Laurence, enveloppée dans un
peignoir gris, tête nue et bras nus, parut dans la
cour, où glissaient les premières clartés matinales.

Elle aussi avait peu dormi ; n'ayant plus de
femme de chambre, elle avait pris l'habitude de
se lever la première, et, pour ménager les vieilles
jambes de Catherinette, elle allait puiser elle-
même à la pompe l'eau fraîche destinée à sa toilette. Elle s'approcha du bassin verdi autour
duquel poussaient des touffes de cochléaria, posa
le broc sous le robinet de cuivre et, soulevant
dans ses mains délicates le lourd balancier de
fer, se mit à pomper lentement.

Un souvenir des jours d'autrefois filtra mélancoliquement dans le cœur de Germain. Il se rappela la première nuit passée par Laurence à
Villotte, et les détails familiers de cette matinée

où il avait été lui remplir sa cruche à la pompe.
Elle était tout aussi jolie et mignonne qu'en ce
temps-là ; plus peut-être encore. Tandis qu'elle
se haussait ou se baissait, suivant les mouvements du balancier, les plis du peignoir mar-
quaient la ligne onduleuse de ses épaules et de
ses reins ; l'une des manches retroussées laissait
à nu ce petit signe noir qui avait jadis tout
d'abord charmé Germain.

Elle avait tourné le robinet, et l'eau tombait
dans le broc avec un glouglou sonore. Tout essouf-
flée d'avoir soulevé le balancier, Laurence s'arrêta pour respirer et leva la tête vers le pan de
ciel bleu, encadré dans le carré des toits. Une
légère toux partant des persiennes du petit logement la fit soudain tressaillir ; elle rougit et baissa
brusquement les yeux, car elle venait d'apercevoir entre les lames les spirales bleuâtres de la
pipe de Germain. — A son tour, elle pensait à
cette première matinée passée à Villotte, et au
broc d'eau fraîche si galamment apporté par le
farouche chasseur.

Pendant ce temps, Germain, remué par une
sourde émotion, se demandait s'il ne ferait pas
bien de descendre comme autrefois, d'empoigner
le broc et de le porter jusqu'à la chambre de

Laurence. Il avait déjà la main sur le bouton de
la porte : — Non, pensa-t-il, j'aurais l'air trop
bête ! — Et il se rencogna dans le fond de son
logement.

La cruche trop pleine débordait et ruisselait
jusque sur l'ourlet du peignoir ; Laurence poussa
un soupir, puis elle saisit le broc précipitamment,
et la porte se referma sur elle. — Il est impitoyable, songeait-elle en traversant le vestibule ;
s'il s'était senti un peu d'amitié pour moi, il serait
descendu... C'est bien fini, il faut renoncer à le
fléchir et je n'ai plus qu'à prendre un grand
parti...

Tout le reste du jour, elle s'enferma dans sa
chambre en tête-à-tête avec le vieux registre de
la tante Lénette. Germain était retourné à
Rembercourt ; le soir à souper, au moment où
Hyacinthe se levait pour consulter le baromètre :
— Monsieur, lui dit-elle timidement, j'aurais une
chose à vous demander.

— Parlez, ma chère enfant, répondit Hyacinthe.

— Pourriez-vous me conduire demain à la
ferme ?

— A la ferme ! répéta-t-il interloqué. — C'était,
à son sens, le dernier endroit que Laurence de-

vait songer à revisiter. — A la ferme ! Et qui donc voulez-vous y voir ?

— J'ai besoin de parler à mon mari... à M. Lafrogne.

— Mais il était ici hier, comment n'avez-vous pas profité de l'occasion ?

— Hier, je n'avais pas encore arrêté la résolution que j'ai prise aujourd'hui, et dont je tiens à l'informer.

— Que votre volonté soit faite, ma chère enfant, mais je ne vous cacherai pas que l'endroit est mal choisi, et que Germain est de mauvaise humeur.

— Je me suis déjà dit tout cela... Nous partirons de bonne heure, n'est-ce pas ?

— Dès que vous voudrez... Mais c'est donc bien urgent, et ne pourriez-vous patienter jusqu'à ce qu'une occasion plus favorable ?..

— Non, c'est impossible.

VI

Neuf heures venaient de sonner à l'église de
Fains : le son grêle de l'horloge, après avoir
longé les lisières des bois encore imbibées de la
rosée matinale, était entré par la fenêtre ouverte
de la chambre de Germain, mêlé aux claquements de fouet des remorqueurs de bateaux, aux
nasillements des canards et au bruit sourd des
faux abattant les herbes des prés. Germain, le
pied sur une chaise, bouclait ses guêtres et se
disposait à partir pour les bois, quand un roule-
ment de roues fit crier le gravier de la cour, et il
crut reconnaître le piaffement des petits chevaux
corses qu'on attelait d'ordinaire au panier. Il se
leva, dressant l'oreille. Quelques secondes après,
un pas furtif, et si léger qu'il semblait à peine
frôler les marches de l'escalier, monta vers lui,

9.

en se rapprochant toujours. Le frôlement cessa
sur le palier, et on frappa timidement à la porte.

— Entrez ! cria-t-il d'une voix impatiente.

Laurence apparut sur le seuil, vêtue de sa
petite robe noire. Une voilette couvrait à demi
son visage très-pâle, et sur sa poitrine, agitée
par l'émotion et par la montée de l'escalier, elle
serrait nerveusement un objet enveloppé dans
un journal.

— Vous ici ? murmura Germain interdit.

— Hyacinthe est en bas, répondit-elle comme
pour s'excuser de sa hardiesse ; je suis montée
seule parce que je désirais vous parler en parti-
culier.

— Entrez et fermez la porte... qu'avez-vous à
me dire ?

— Je viens vous demander la permission de
partir.

— Partir ? — Il la regarda, stupéfait. — Et où
voulez-vous aller ?

— Dans la seule maison où je puisse vivre
sans être à charge à personne... chez ma mère.

— Ah ! qui vous fait supposer qu'ici vous
soyez à charge à quelqu'un ?

— On est toujours à charge aux gens quand
on mange leur pain sans leur être utile ni agréa-

ble... Je me rends justice... Je sais que je n'ai
plus votre affection ni votre estime, que vous ne
me gardez que par condescendance pour l'opinion
publique et pour obéir aux convenances.

— Et vous trouvez que cela est injuste...

— Je ne me plains pas, je sais que vous aviez
le droit d'agir encore plus rigoureusement que
vous ne le faites... Seulement vous eussiez été
moins cruel en me chassant tout de suite qu'en
me réduisant à cette condition humiliante... La
punition est trop dure... J'ai patienté pendant
des mois parce que je croyais toujours...

Elle s'interrompit brusquement et rougit en
s'apercevant qu'elle allait se trahir. Germain
avait levé la tête et regardait sa femme droit
dans les yeux, comme pour chercher à lire dans
ses prunelles humides le complément de sa pensée.

— Poursuivez, dit-il, que croyiez-vous?

— Je croyais que j'aurais la force d'accepter
votre mépris comme une pénitence, de mettre
de côté mon orgueil, de supporter avec patience
cette situation qui n'est ni d'une épouse ni d'une
servante... Mais je ne peux pas... je ne peux pas !

Sa voix devenait moins ferme ; on devinait
qu'elle faisait un effort pour comprimer les san-

glots qui menaçaient de monter jusqu'à ses
lèvres. Germain avait détourné la tête, et il regardait obstinément du côté du mur.

Il y eut un silence. Au dehors, le grincement
d'une faux aiguisée par un faucheur montait par
intervalle jusqu'au fond de la petite chambre où
les mouches bourdonnaient dans un rayon de
soleil.

— Je ne suis pas un croquemitaine, reprit
Germain d'une voix un peu altérée ; mon intention n'est pas de vous garder prisonnière, et vous
pourrez partir quand le cœur vous le dira.

— Je partirai demain... Mais avant de m'en
aller, j'ai à vous rendre compte de l'argent que
vous m'aviez donné pour la maison...

Elle déplia le paquet qu'elle tenait serré contre
sa poitrine et en tira le vieux registre de Mlle Lénette. — Voici mon livre de dépense, continua-
t-elle, et voici l'argent qui reste.

Elle posa le registre et un petit rouleau d'or
sur la table, tandis que Germain faisait un geste
comme pour se défendre de rien exiger de pareil.
— Pardon, dit-elle en insistant, je tiens à ce que
vous sachiez que tout est en ordre chez vous...

Lafrogne cadet s'était levé et se promenait
lentement dans l'étroite chambrette, la tête pen-

chée, le dos arrondi ; quand il arriva près de la
fenêtre, il murmura sans se retourner : — C'est
demain... irrévocablement ?

— Oui, demain... je prendrai le train de dix
heures.

Elle hésita encore un moment, attendant toujours un mot de lui et ne voulant pas le quitter
sans une dernière parole affectueuse, mais il ne
bougea pas ; les larmes emplissaient les yeux de
Laurence, et elle n'osait plus parler. Elle se borna
à balbutier : — Adieu, monsieur ! — mais si bas,
si indistinctement qu'on eût dit plutôt un commencement de sanglot qu'une parole articulée.
Puis elle ouvrit la porte et descendit lentement
l'escalier. Quelques minutes après, on entendit
de nouveau les chevaux piaffer, et le panier rou-
ler sur la route...

Germain alors se retourna. Ses traits énergiques s'étaient violemment contractés ; il aperçut
le livre de comptes sur la table, et, se rasseyant
d'un air sombre, il l'ouvrit machinalement. Tout
à coup, il se sentit secoué par une profonde émotion intérieure qui se traduisit par un léger trem-
blement des lèvres et du menton sous sa barbe
touffue ; il avait reconnu le *livre de raison* de la
famille, le vieux registre à couverture de parche-

min où successivement Jean Thoiré et la tante
Lénette avaient consigné les dépenses et les événements mémorables de la maison. En tournant
les feuillets, il tomba sur une page au haut de
laquelle on lisait écrit de la main de Mlle Lénette :
— « Aujourd'hui, 23 mars 1822, est né mon ne-
veu Germain Lafrogne. » — Il lui sembla qu'il
découvrait, ensevelis sous les feuilles mortes de
maints étés, tous les souvenirs de son enfance,
depuis le jour où, revêtu de sa première culotte,
il avait été traîné par la tante à l'école des sœurs
de la Doctrine, jusqu'à cette glorieuse matinée
où, suivi de son chien Phanor, il avait commencé
sa première chasse dans la plaine de Véel, ra-
dieuse de soleil.

Il tournait lentement les pages jaunies. Sur
certains mots, des grains de sable bleu, ayant
séché avec l'écriture, jetaient encore au soleil le
scintillement de leurs paillettes métalliques,
tandis que depuis bien des années les mains qui
avaient semé ces pincées de poudre gisaient,
décharnées et rigides, sous le sable du cimetière.
Germain reconnaissait au passage la grosse écriture noueuse du père Thoiré, la *bâtarde* sévère
et proprette de la tante. Puis au verso d'un feuillet,
il arriva aux caractères élégants et fluets de Lau-

rence. A côté des larges écritures commerciales, ces lettres délicatement penchées et bouclées avaient l'air de fleurettes mignonnes poussant aux marges d'une allée de gravier. Il se mit à les déchiffrer attentivement, oubliant l'heure qui s'avançait et le soleil qui entrait à flots par la fenêtre grande ouverte.

Il remarquait, non sans un sentiment de surprise attendrie, avec quel soin minutieux et presque pieux la maison avait été dirigée pendant cette période de la vie de Laurence. Rien n'avait été négligé, elle avait pensé à tout : à l'ordonnance des lessives, au renouvellement des fleurs plantées sur la tombe de Mlle Lénette, aux menus préférés d'Hyacinthe et surtout à son bien-être, à lui, Germain. A chaque page, la préoccupation du mari absent se trahissait par un léger détail : les vêtements chauds préparés et empaquetés pour Rembercourt dès la fin d'octobre, le linge frais envoyé à la ferme chaque semaine, même certains pâtés de viande froide, commandés à Catherinette et expédiés par Hyacinthe les jours de grandes chasses au bois. Elle n'avait point passé un jour sans s'occuper de lui...

Il feuilletait de plus en plus lentement, et il alla ainsi jusqu'à l'endroit où l'écriture s'arrêtait brusquement à mi-page. Là, en guise de signet, il y avait quelques feuilles de rose éparpillées, à demi desséchées déjà, mais exhalant encore un parfum discret et assourdi, comme l'adieu que Laurence avait soupiré tout à l'heure en s'éloignant.

Et c'était fini. Personne maintenant n'aurait plus le courage de rien inscrire sur les pages restées blanches. Le vieux *livre de raison* que l'aïeul avait légué à ses enfants, et que Laurence avait considéré comme un devoir de tenir au courant, personne ne le continuerait plus... A quoi bon ? Ces livres-là ne sont précieux que pour les familles qui se perpétuent, et Hyacinthe et Germain mourraient sans postérité dans leur morfondante solitude de célibataires. Tout était dit maintenant. Laurence allait partir, et une fois la jeune femme envolée, la maison redeviendrait le logis maussade et silencieux des deux Barbeaux. Ils n'auraient plus qu'à brûler le vieux registre, de peur qu'après eux on ne le vendît dans un lot de papiers inutiles, et que quelque boutiquier ne fît des cornets avec les feuillets pleins de l'écriture du grand-père, de Lénette et de Laurence...

Personne ne pouvait voir ce qui se passait

dans la petite chambre haute, personne que les fauvettes sautillant dans les pruniers d'en face ou les hirondelles passant et repassant devant la fenêtre. Aucun regard indiscret ne surprit donc ces deux larmes qui roulèrent des yeux de Germain et se perdirent dans sa barbe. D'ailleurs, il avait baissé la tête tout contre le registre comme pour cacher son émotion même aux oiseaux du jardin. Il la tenait si près des pages jaunies, si près ! que tout à coup ses lèvres se posèrent sur les feuilles de roses séchées, et que le rude chasseur y mit un baiser...

Pendant ce temps, au trot des deux chevaux corses, le panier ramenait Hyacinthe et Laurence à Villotte. Ils échangèrent peu de paroles durant la route ; l'aîné des Barbeaux poussait de profonds soupirs, et la jeune femme faisait d'énergiques efforts pour rester calme. Dès qu'on fut arrivé rue du Bourg, Laurence écrivit à sa mère et se prépara pour le départ. Elle n'emportait que son modeste trousseau de jeune fille, et ses bagages furent bientôt près. Vers le soir, elle fit ses dernières recommandations à Catherinette et pria son beau-frère de monter chez elle pour l'aider à ficeler ses malles.

Tandis que le brave Hyacinthe, tout contrit,

mais n'osant s'opposer à un départ qui avait été approuvé par Germain, assujettissait et nouait les cordes en conscience, Laurence étiquetait les clés des armoires et des placards.

— Tout est en ordre, dit-elle, quand Hyacinthe eut achevé sa besogne ; voici les clés, elles sont numérotées et vous vous y reconnaîtrez facilement.

Elle lui tendit le trousseau, mais les doigts de Lafrogne aîné étaient si gourds et tremblants que le paquet de clés glissa de ses mains et tomba bruyamment sur le parquet.

Ce bruit de ferrailles fut si étourdissant qu'ils n'entendirent pas qu'on frappait à la porte. On tourna le bouton, et Germain entra, rouge, poudreux, tout échauffé par la marche et le soleil.

Il regarda les caisses ficelées et alignées le long du mur. — Ainsi, dit-il à Laurence, qui était devenue pâle, vous êtes bien décidée à partir ?..

— Il le faut, balbutia-t-elle.

— Eh bien, s'écria-t-il, en ce cas, nous partirons ensemble, il n'est pas convenable que ma femme voyage seule.

Les yeux noirs de Laurence s'ouvrirent tout grands ; elle tremblait et n'osait pas comprendre ;

mais Hyacinthe, lui, avait déjà compris, et secouant vivement la main de son frère :

— C'est bien, cadet ! s'exclama-t-il ; allons, embrasse-la !

Laurence s'était déjà jetée dans les bras de son mari, et, la tête roulée sur la large poitrine du robuste chasseur, elle fondait en larmes.

Laurence et Germain voyagèrent pendant cinq mois. Quand ils rentrèrent à Villotte, en décembre, l'émotion causée par tous les événements que nous venons de conter avait eu le temps de se calmer, et les deux époux reprirent tranquillement possession de leur maison de la rue du Bourg. M. Xavier Duprat ne reparut plus à Villotte, mais l'aventure désagréable qui avait marqué ses débuts dans la magistrature ne l'empêcha pas de faire un joli chemin. Il appartenait à l'école de ces jeunes doctrinaires qui joignent beaucoup de morgue à beaucoup de souplesse, et qui, ayant plus d'ambition que de principes, ne sont jamais gênés par leurs opinions ou par leur conscience. Déjà substitut avant la guerre, il retrouva en 1871, dans les ministères et à l'Assemblée nationale, quelques anciens camarades de sa conférence, dont l'influence était toute-puissante et à l'aide desquels il sut se faire pousser à un siége de procureur, en attendant mieux.

Son éloquence rigide est en grande faveur à la cour de X..., et quand il prend la parole dans une affaire criminelle compliquée d'adultère, les réquisitoires de ce magistrat inflexible font frissonner les coupables sur leur banc et dilatent le cœur des jurés. Parfois l'honnête Hyacinthe, qui a gardé l'habitude de feuilleter la *Gazette des tribunaux*, tombe sur une de ces virulentes répliques de M. le procureur Duprat, et la lecture de ces phrases pompeuses sur « la perversion des mœurs contemporaines et le mépris des saintes lois de l'honneur et de la morale » a le don de le mettre de mauvaise humeur pour le reste de la journée. Il rougit jusqu'au blanc des yeux, et on l'entend s'écrier en plein cercle, en froissant le malencontreux journal : — « Hypocrite !.. vil sycophante ! »

Heureusement l'aîné des Barbeaux trouve dans la maison de la rue du Bourg de douces compensations qui lui font vite oublier la saveur amère de ce calice. Il est devenu oncle. Quelques mois après le retour des deux époux, la jeune Mme Lafrogne a mis au monde un garçon qu'on a nommé Claude, comme le grand-père Lafrogne, et qui a été tenu sur les fonts baptismaux par Hyacinthe et Mme de Coulaines.

Le nouveau-né est vigoureux et râblé ; tout annonce, à le voir pousser dru, que ce sera un gars solide et que le nom de Lafrogne ne disparaîtra pas de sitôt de l'état civil. Grâce à lui, la maison des deux Barbeaux connaît de joyeux tapages, dont les vieux couloirs et les hautes solives avaient perdu l'habitude depuis plus de quarante ans. Hyacinthe en est ragaillardi, et quand, par un clair soleil, il promène dans ses bras le marmot devant la façade de la rue du Bourg, les sirènes des fenêtres et les chérubins du portail semblent eux-mêmes rajeunis par l'arrivée de ce jeune hôte. Ils lui souhaitent la bienvenue du haut de leurs chapiteaux de feuillage, et le bambin émerveillé échange des risettes avec ces faces joufflues, et ces bouches que le rire fend jusqu'aux oreilles.

FIN.

LE SANG DES FINOËL

LE SANG DES FINOËL

I

Une belle après-midi d'octobre. Les maisons
de campagne qui bordent la rampe du Cœur-
Volant, à Marly, étaient baignées d'une opulente
lumière. Aussi l'une d'elles avait-elle ouvert
toutes ses fenêtres comme pour profiter plus
amplement de cette dernière flambée du soleil
d'automne. Des matelas et des draps, entassés
sur les barreaux des croisées du rez-de-chaussée,
pendaient au dehors, tandis que les portes inté-
rieures, également ouvertes à deux battants,
indiquaient clairement l'intention d'aérer à fond
l'appartement, après le récent départ de quelqu'un.

Une jeune fille vêtue de noir se tenait dans
l'une des pièces du premier. On avait de là une

vue très-étendue sur les terrains et les massifs
mélancoliques du parc de Marly, sur le village
en amphithéâtre et sur les hautes futaies d'un
roux-violet qui le couronnent. Un tapage de
notes joyeuses s'harmonisait avec la riche lumière et les éclatantes couleurs automnales :
cris d'enfants ramassant des châtaignes sous bois,
martellements sonores sur les douves des tonneaux, cliquetis retentissants de chaînes dans
les futailles nettoyées pour la vendange. Mais ces
réveillantes rumeurs de la vie campagnarde et
ces lumineux sourires des derniers beaux jours
laissaient complétement indifférente la jeune
fille à la robe noire. Assise au bord d'une *chauf-
feuse*, les coudes posant sur un guéridon et les
mains enfoncées dans ses cheveux dont les
boucles épaisses tombaient librement sur ses
épaules, elle était violemment secouée par
l'explosion d'une de ces douleurs qui s'épanchent
franchement, à un âge où la source des larmes
a encore toute son abondante fécondité.

Ses joues étaient ruisselantes, sa poitrine
déjà formée était soulevée à chaque instant par
de brusques soubresauts. Elle paraissait avoir
seize ans et, autant qu'on en pouvait juger à
travers ses larmes, elle était jolie. Très-blanche

avec des cheveux noirs moutonnants et frisés,
elle avait des yeux renfoncés, d'un vert sombre,
sous de longs sourcils qui se rejoignaient presque ;
la bouche un peu grande était d'un rouge vif, et
sur l'une des joues un signe noir accentuait le
caractère énergique de cette tête d'adolescente.

Au plus fort de ses sanglots, deux coups dis-
crets, répétés une seconde fois plus discrètement
encore, résonnèrent à la porte. Elle tourna la
tête et, au même moment, quelqu'un entra en
s'excusant et en saluant. A travers ses pleurs,
elle reconnut Mᵉ Dumesnil, le notaire de Marly.
C'était un petit homme à la mine fleurie,
aimable et circonspect, scrupuleusement vêtu
de noir et cravaté de blanc.

— Je vous demande pardon de vous déranger
dans un moment pareil, mademoiselle Aimée,
murmura-t-il en s'inclinant de nouveau.

Elle réprima un mouvement d'impatience,
essuya ses yeux, et sans parler, — il y avait
encore trop de sanglots dans sa gorge, — elle lui
fit signe de s'asseoir.

Le notaire obéit, toussa d'un air un peu
embarrassé, et posant son chapeau sur un
meuble :

— Mademoiselle, commença-t-il d'une voix

mouillée et compatissante, mon honorable et
regretté client, M. de Rouvre, que nous venons
d'avoir le chagrin de conduire à sa dernière
demeure...

Ce début réveilla la douleur de la jeune fille,
et elle se remit à pleurer.

— Pardon, mademoiselle, reprit le notaire, je
suis profondément confus de venir vous parler
d'affaires à une heure aussi intempestive, mais
il est de mon devoir de vous éclairer sur votre
situation actuelle... M. de Rouvre était votre
père... Il s'arrêta, ravala l'épithète juridique que
lui avait d'abord suggérée la pratique du Code
civil, et, rougissant, il ajouta : — adoptif ?

— Oui, monsieur, répondit-elle, il m'avait
recueillie après la mort de ma mère, il y a huit
ans... Il était si bon et il m'aimait tant !.. Et
songer qu'en moins d'un jour il a été enlevé et
que je ne le verrai plus !

Les larmes coulèrent de nouveau violemment.

— Assurément, dit le notaire, en tortillant ses
gants noirs, le coup à été brusque... Nous avions
encore fait le whist ensemble il y a trois jours.
Ces affections du cœur sont vraiment effrayantes...
M. de Rouvre était loin de se croire si près de

sa fin et il n'avait pas mis ordre à ses affaires...
Hum !.. Il est mort sans testament.

Elle souleva légèrement les épaules et regarda
le notaire. Ses paupières allongées et presque
closes ne laissaient voir que par une ligne étroite
son regard humide, et ce regard semblait dire
au notaire : — Que m'importe ?

M⁰ Dumesnil hocha la tête, et répondant à
cette interrogation muette :

— C'est grave, mademoiselle Aimée, très-
grave en ce qui touche vos intérêts. Le défunt
m'avait manifesté l'intention de vous adopter
légalement ; la mort ne le lui a pas permis, et,
comme il est mort intestat, la totalité de sa fortune se trouve dévolue à ses héritiers légitimes,
représentés par des cousins de province... Je ne
sais si je me suis fait comprendre, ajouta-t-il en
voyant que la jeune fille ne sourcillait pas ; aux
yeux de la loi vous êtes pour le défunt une étrangère, et ses héritiers sont maîtres de tout ce qui
est ici.

— Ah ! murmura-t-elle.

Elle venait enfin de discerner la vérité brutale
à travers la phraséologie professionnelle du
notaire. Elle resta un moment silencieuse,

contempla la petite chambre luxueusement meublée, et par la fenêtre, le coteau de Marly plein
de soleil ; ses yeux se mouillèrent.

— De sorte, reprit-elle, qu'ils vont me chasser
d'ici !

Le notaire commençait à se sentir touché à
travers son enveloppe officielle.

— Vous voyez les choses trop en noir, répondit-il ; le juge de paix et le greffier vont venir
seulement poser les scellés ; les parents ont été
prévenus et ils arriveront sans doute au premier
jour... J'aime à me persuader qu'ils se montre-
ront convenables avec vous... Mais je crains,
j'ai des raisons de craindre...

Elle se leva brusquement et un éclair brilla
entre ses paupières demi-fermées.

— Ne craignez rien, répliqua-t-elle, si je suis
maintenant une étrangère ici, eux aussi me sont
étrangers, et je ne veux rien leur devoir... Je partirai, je travaillerai pour vivre.

Le notaire la regarda, stupéfait.

— Ma chère demoiselle, dit-il, vous avez seize
ans, et ce n'est pas à cet âge-là qu'une jeune fille
peut courir seule le monde.. Et puis, une femme
ne trouve pas facilement à gagner sa vie. Vous

parlez de travailler; mais quel genre de travail comptez-vous entreprendre ?

Elle baissa la tête, se rassit, croisa ses mains sur ses genoux et balbutia décontenancée :

— Je ne sais pas, mais j'essaierai, je chercherai...

— Et en attendant ? objecta le notaire.

Elle ébaucha un geste d'incertitude et de découragement, ses lèvres se crispèrent et son désespoir éclata de nouveau.

— Votre mère n'était-elle pas actrice au Théâtre-Historique ?

Elle fit un signe affirmatif.

— Quel était son nom... son vrai nom de famille ?

— Coralie... Coralie Chenut, répondit-elle entre deux sanglots.

— Où était-elle née ?

— Dans un village de la Haute-Marne qui s'appelait... attendez... Auberive... Oui, nous y avons même encore des parents ; du moins ma mère me parlait de deux sœurs qu'elle avait laissées là-bas.

Le petit homme prenait des notes sur son carnet.

— Chenut, dites-vous, murmurait-il en griffonnant, Auberive, Haute-Marne... Bien, j'écrirai pour savoir si vos tantes vivent encore, et si elles peuvent veiller sur vous.

La jeune fille le regardait avec des yeux effarés.

— Rassurez-vous, ma chère demoiselle, continua-t-il en empochant son carnet, ayez confiance; je ferai ce qui dépendra de moi pour concilier les exigences professionnelles avec l'estime affectueuse que je vous porte... Je vous présente mes devoirs, mademoiselle.

Il prit son chapeau, s'inclina et sortit.

Aimée se retrouva dans sa solitude désolée. Celui qu'elle appelait son père, Honoré de Rouvre, était depuis le matin seulement couché dans le cimetière de Marly, et déjà elle sentait les dures conséquences de cette mort si soudaine. Elle se trouvait sans un ami au monde. Depuis longtemps, le défunt avait rompu avec toutes ses relations. La société de cette enfant lui suffisait. Aimée n'avait autour d'elle que des domestiques, et ceux-ci, flairant déjà probablement un changement de maîtres, ne songeaient qu'à tirer leur épingle du jeu et à chercher du service ailleurs. Il ne restait à la jeune fille que la ressource vague de cette parenté inconnue, évoquée par le

notaire, et cette seule perspective lui donnait le
frisson.

Sa pensée, ramenée brusquement après huit
années vers ces parentes de province, s'essayait
à ressaisir les impressions confuses que lui
avaient laissées certaines conversations de sa
mère. Mlle Coralie, dans les rares heures repo-
sées de sa vie de théâtre, aimait à parler de son
village enfoui au fond des grandes forêts de la
Haute-Marne. Elle n'avait gardé de ses sœurs
qu'un souvenir maussade, mais elle s'appesan-
tissait davantage sur les plaisirs de son enfance
villageoise : les courses vagabondes dans les
prés ou à travers bois. De ces bribes de conversation, il était resté à Aimée un goût mystérieux
pour la nature forestière. Quand elle se promenait avec M. de Rouvre dans les mélancoliques
avenues des bois de Marly, il lui semblait qu'elle
retrouvait des sensations déjà éprouvées ; la
rumeur lointaine des cognées, le bruit mat des
châtaignes tombant sur la mousse, la réjouissaient
comme des sons familiers déjà entendus dans une
vie antérieure.

Elle restait accoudée au guéridon, songeant au
mort qui avait été son seul ami, repensant à sa
mère qu'elle allait voir parfois se costumer en

reine dans sa loge. Elle mêlait ses regrets à ses
souvenirs du temps jadis, à ses appréhensions du
lendemain. Ses larmes s'étaient peu à peu
séchées et ses yeux erraient vaguement dans la
direction de la fenêtre ouverte.

Le soir tombait, les bruits s'apaisaient, sauf un
clapotement d'eau causé par le piétinement des
chevaux dans l'abreuvoir. Des fumées bleues
planaient au-dessus des toits; çà et là une lumière
étoilait une vitre et scintillait entre les arbres.
Aimée songeait aux maisons de vignerons où les
enfants, en rentrant, retrouvaient une famille et
un chez eux... Peu à peu il fit tout à fait nuit,
les étoiles se reflétèrent dans l'eau de l'abreuvoir,
— et une femme de chambre se décida enfin à
venir voir si « Mademoiselle voulait descendre
pour dîner... »

Huit jours après, les héritiers arrivèrent. La
mort du parent qu'ils avaient à peine connu
leur laissait peu de regrets. Le cousin était
un propriétaire poitevin, ombrageux et têtu
comme les mules de son pays; la cousine, femme
d'un conseiller à la cour de Poitiers, était sèche,
austère et positive. Me Dumesnil était allé les
recevoir à la descente de l'omnibus.

— Mon cousin, lui demanda la conseillère, n'avait-il pas une enfant naturelle ?

— Oui, madame, elle est ici. M. de Rouvre l'aimait beaucoup, bien qu'il ne l'eût pas reconnue, et il songeait à l'adopter quand la mort l'a surpris.

— Dieu lui a évité de mettre un nouveau scandale dans sa vie, soupira la bonne dame ; n'a-t-il fait aucune disposition en faveur de cette demoiselle ?

— Aucune, bien qu'il en eût l'intention ; mais peut-être, madame, trouverez-vous convenable, ainsi que monsieur votre cousin, d'exécuter cette volonté tacite, dans une certaine mesure...

— Non, assurément, répliqua la dame, la mère a déjà assez troublé nos relations de famille sans que nous ayons à nous inquiéter de la fille... Je suppose qu'elle ne compte pas rester ici ?

— Rassurez-vous, madame, dit froidement le notaire, elle rejoindra sous peu des parentes qui se trouveront heureuses de lui offrir l'hospitalité.

— C'est parfait... Annoncez-lui que nous consentons à ce qu'elle emporte les objets à son usage personnel, et veuillez vous charger de ses frais de voyage. Nous vous les rembourserons sur la succession... N'est-ce pas, mon cousin ?

Le Poitevin fit une grimace affirmative.

— Mais, continua la conseillère, faites comprendre à cette personne qu'elle doit quitter la maison le plus tôt possible ; nous ne pouvons pas décemment loger sous le même toit que la fille d'une créature...

Le petit notaire s'éloigna fort choqué de cette rigidité provinciale. Il monta chez Aimée et la prévint de l'arrivée des héritiers.

— Vos tantes, ajouta-t-il, habitent toujours Auberive, où l'une d'elles est receveuse des postes. Je leur ai écrit et elles m'ont répondu qu'elles étaient prêtes à vous faire accueil. Voici la lettre. Vous partirez dans quelques jours, prenez votre temps, mademoiselle Aimée ; mais comme il vous serait désagréable de vous rencontrer avec les personnes qui sont en bas, ma femme sera heureuse de vous recevoir chez elle dès aujourd'hui... Ne vous inquiétez de rien et reposez-vous sur moi.

Les sanglots étouffaient Aimée. Elle prit machinalement la lettre que lui tendait le notaire et la froissa dans ses doigts sans la lire. Elle avait saisi la main de Mᵉ Dumesnil et la pressait vivement sans parler, tandis que le petit notaire était tout étonné de sentir ses yeux devenir moites et sa gorge se serrer sous le nœud correct de sa cravate blanche.

II

Il faisait nuit noire, et le train de neuf heures emportait Aimée dans la direction de Langres. Elle avait quitté Marly dans la journée, en compagnie de M° Dumesnil, qui l'avait installée dans un compartiment de premières, et lui avait souhaité bon voyage, en l'embrassant gravement.

Maintenant, elle roulait vers l'inconnu. Tout d'abord, le cœur serré par l'angoisse du départ, elle avait appuyé sa figure contre le capiton du wagon, ne voulant plus rien voir, pleurant tout bas et essayant de ne pas penser. Elle était seule dans le compartiment que la lampe éclairait d'une vague lueur vacillante. Au dehors, tout était ténébreux. Le train filait dans la nuit avec une trépidation haletante et saccadée. A des intervalles réguliers, il ralentissait sa marche, les

freins se serraient avec un long gémissement, des
lumières couraient sur la voie, on criait le nom
de la station, un battement précipité de sonnerie
électrique tintait sous la marquise du quai, puis,
avec un coup de sifflet prolongé, le train se ren-
fonçait dans la nuit opaque.

A la fin, Aimée, bercée par le roulis du wagon,
s'était endormie d'un sommeil pénible, coupé de
soubresauts fiévreux. Quand elle s'éveilla, le jour
commençant jetait une blancheur grise dans le
vide du compartiment. Elle tira sa montre : six
heures ; on devait approcher. Elle essuya du bout
des doigts la glace ternie et regarda au dehors.

Le train fuyait le long d'une rivière jaunâtre,
parmi des prés bordés de collines boisées. De
temps en temps, un village aux toits recouverts de
pierres plates s'envolait comme emporté dans un
tourbillon. Il y eut un long sifflement, puis un
ralentissement.

— Langres ! cria le conducteur du train en
courant tout emmitouflé le long des voitures.

C'était là qu'il fallait descendre. Tandis qu'elle
attendait ses bagages, elle regardait curieusement
la ville haut perchée sur une colline aride, pro-
filant sur un ciel gris ses remparts bordés d'arbres,
ses couvents et son hôpital. Il faisait froid. Elle

se glissa toute grelottante dans l'omnibus, qui se
mit à gravir lourdement l'âpre montée. Alors
elle prit dans sa poche la lettre adressée au notaire par l'aînée de ses tantes, Mlle Mélanie Chenut, et se mit à la relire anxieusement :

« Monsieur le notaire, écrivait la vieille fille,
nous avons reçu, non sans surprise, votre hono-
rée du 18. Quoique nos relations avec feu notre
malheureuse sœur aient cessé bien avant sa mort,
nous nous ferions conscience de laisser sa fille
dans l'abandon. Nous avons, envers Dieu et envers
nous-mêmes, le devoir de sauver cette âme en
péril, et de la tirer de la voie de perdition. Notre
modeste position ne nous permet guère de gros
sacrifices, mais la religion nous ordonne de nous
charger de notre nièce, afin de l'élever en chrétienne. Envoyez-nous la donc, nous l'attendons.
Si elle part de Paris par le train de nuit, elle arri-
vera à Langres pour prendre le courrier d'Auberive. Recommandez-lui de se faire conduire au
Soleil-d'Or, où elle trouvera la voiture qui porte
les dépêches. Recevez, monsieur le notaire, les
salutations de votre servante. »

Il n'y avait pas un mot de tendresse dans cette
lettre, et elle ne présageait pas un accueil bien
chaleureux ; mais Aimée, violemment secouée

depuis douze jours, subissait cette réaction en-
gourdissante qui suit toute tension douloureuse
des nerfs, et elle acceptait le présent avec une
indifférente résignation. D'ailleurs, sa situation
ne lui permettait guère de se montrer difficile
et, comme le lui avait insinué le notaire, elle
n'avait pas à choisir.

Elle indiqua l'adresse du *Soleil-d'Or* au conducteur. L'omnibus, après une longue course caho-
tante sur l'affreux pavé de Langres, s'arrêta au
milieu d'une rue. La malle d'Aimée glissa sur le
trottoir; on fit descendre la voyageuse, et la
lourde machine repartit bruyamment.

Le *Soleil-d'Or* était une auberge de rouliers.
Debout dans la cuisine, des gens en blouse, en
souliers ferrés, le fouet noué autour du cou, fumaient et buvaient la goutte du matin autour
d'une table. Aimée demanda à quelle heure partait le courrier d'Auberive.

— Le courrier? répondit une grosse servante
qui portait des verres, il y a *belle heurette* qu'il
est parti!.. Il démarre à quatre heures, aussitôt
après le train-poste.

Le notaire s'était trompé de train. Aimée,
ahurie, demanda s'il n'y avait pas une autre voiture.

— Pas avant demain. Mais si mademoiselle veut une chambre, on va faire monter ses bagages ?

Elle n'osait pas répondre. Le séjour de l'auberge retentissante de jurons, imprégnée d'odeur d'alcool et de fumée de tabac, lui inspirait une répugnance croissante ; elle sentait qu'elle ne pourrait jamais se résoudre à y passer un jour et une nuit. Ne sachant que faire, abasourdie, elle jetait à droite et à gauche des regards inquiets et ses yeux se mouillaient.

Un paysan se détacha du groupe des buveurs, et s'approchant :

— Excusez, mademoiselle, dit-il en soulevant son feutre roussi, je retourne à vide du côté d'Auberive, et si ma charrette ne vous effraie pas, je vous y conduirai volontiers.

Elle l'examina un moment avant de répondre. C'était un grand garçon de vingt-cinq ans, robuste, barbu, à la mine ouverte, aux yeux bleu-foncé, énergiques et doux. Sous le hâle et la poussière de charbon, ses traits honnêtes faisaient plaisir à voir, et ses dents blanches étincelaient dans un sourire.

Aimée eut immédiatement confiance et accepta. Le charbonnier vida son verre et alla har-

nacher ses chevaux. Un quart d'heure après, la
charrette était attelée de trois solides percherons,
la caisse était liée aux ridelles, et Aimée s'asseyait
sur une botte de foin jetée en travers des planches
noircies.

— Vous n'y serez pas comme une princesse
et nous ne courrons pas la poste, dit le charbonnier en riant; mais cela vaut mieux encore que
de chômer ici jusqu'à demain... Dia ! Ho ! hue...
Blond !

Les trois percherons attelés à la file agitèrent
les grelots de leurs colliers de peau de mouton
teinte en bleu, et entraînèrent assez lestement
la charrette vers la grand'route de Dijon.

L'équipage était un de ces longs chars primitifs
à quatre roues, à hautes ridelles à claire-voie, où
l'on entasse les sacs de charbon. A chaque tour
des roues, un cahot faisait tressauter la jeune
fille sur son siége de foin, et le vent du nord, qui
souffle presque toujours sur le plateau de Langres,
lui piquait les yeux et lui bleuissait les joues.

Le jeune charbonnier s'était mis discrètement
à marcher en tête de ses chevaux qui montaient
au pas la route fraîchement empierrée. De temps
à autre, il se retournait et contemplait avec une
naïve curiosité la voyageuse et les détails de sa

toilette ; la toque d'astrakan sous laquelle les
cheveux frisotants s'échevelaient à demi dérou-
lés, le plaid à grands carreaux noirs et blancs
qu'elle avait drapé sur ses épaules, et, dans cet
encadrement, la blanche figure, pâlie par la fatigue du voyage, et dont les lèvres rouges frémis-
saient au vent du matin.

Aimée, les mains appuyées aux traverses de
la charrette, les yeux demi-fermés, regardait d'un air navré la morne étendue du plateau
dénudé, les champs pierreux, le ciel gris et les
lignes austères de l'horizon. Les *sonnailles* des
chevaux tintaient avec des cadences somnolentes,
et le conducteur chantait, pour animer ses bêtes,
des lambeaux de chansons rustiques. Sa voix
bien timbrée lançait vigoureusement les phrases
traînantes et mélancoliques des mélodies campa-
gnardes. Bercée par cette lente musique et cé-
dant à ce sommeil lourd qui vous prend le matin
après une nuit de veille, la jeune fille avait posé
son front sur ses mains et s'était assoupie...

Quand elle s'éveilla, on était en pleine forêt.
La charrette, dont le mouvement s'était accéléré,
descendait une rampe rapide bordée de hautes
futaies. Tout au fond, des taillis de chênes enchevêtraient leurs branches aux feuillages roussis,

et, par-dessus ces premiers plans boisés, l'œil distinguait par échappées des perspectives de forêts mamelonnées et moutonnantes, sur lesquelles un pâle soleil courait à travers des éparpillements de brumes floconneuses.

Aimée s'aperçut que le conducteur, pendant son sommeil, lui avait posé sur les genoux sa grosse limousine jaunâtre, afin qu'elle ne prît pas froid. Elle le cherchait en tête de ses chevaux pour le remercier, quand elle le vit tout à coup au-dessous d'elle, assis, les jambes pendantes, sur une planchette qui se balançait entre les roues.

— Où sommes-nous donc, demanda-t-elle ?

— Au *Ran de la Mancienne*, mademoiselle ; nous en avons encore pour une petite heure.

— Est-ce que vous êtes d'Auberive ?

— Non, je suis charbonnier de mon état, et je retourne à ma *vente*, près du village, mais je connais presque tout le monde dans le pays... Chez qui allez-vous, sans vous commander ?

— Connaissez-vous les demoiselles Chenut ?

— Les dames de la poste ! Je crois bien... Est-ce là que vous descendez ?

— Oui, ce sont mes tantes.

— Ah ! fit le jeune conducteur en la regardant

11.

avec une légère nuance d'étonnement... Et c'est
la première fois que vous venez à Auberive, mademoiselle ?

— Oui.

Elle huma l'air imprégné de l'odeur des feuilles
tombées :

— C'est beau, ce pays-ci !.. Est-ce le vôtre ?

— Oh ! moi, dit-il en riant de son rire étincelant, mon pays, c'est la forêt... Partout où il y a
des bois, nous sommes chez nous, nous autres
charbonniers ; nous y naissons, nous y logeons,
et bien souvent même, nous y mourons. Quand
nous avons exploité un canton de la forêt, nous
nous en allons recommencer la même besogne
dans un autre, et ainsi tout le long de l'année.

— J'aimerais cette vie-là ! s'écria Aimée, prise
d'un subit enthousiasme.

— Cela vous plaît à dire, répliqua le charbonnier avec un sourire incrédule, c'est un rude métier que le nôtre !.. N'importe, je ne le change-
rais pas pour un état à la ville, et je sécherais
d'ennui entre quatre murs...

Il s'interrompit pour interpeller ses chevaux
qui avaient tourné dans un chemin de traverse.

— Ils croient, fit-il en riant, que nous rentrons

sous bois tout de suite... Non, les camarades,
nous allons un peu plus loin ! Ho ! dia !

Il courut en avant, fit claquer son fouet et remit ses bêtes sur la route.

Une heure après, on aperçut les maisons et la
pointe du clocher. Les chevaux avaient pris le
trot, et c'est ainsi qu'on entra dans le village.
Arrivé à une petite place, près de l'église, le charbonnier s'arrêta devant une maison proprette,
blanchie à la chaux. Il délia la caisse qu'il déposa
devant la porte, à côté de laquelle une sorte de
soupirail pratiqué dans le mur était surmonté de
l'inscription réglementaire : *Boîte aux lettres*;
puis, il aida la jeune fille à descendre et poussa
la porte qui s'ouvrit toute grande en mettant en
mouvement une sonnette au timbre grêle.

— Entrez ! cria du fond d'une pièce voisine
une voie claire et flûtée.

Aimée obéit et se glissa dans une cuisine ornée
de sa batterie de cuivres reluisants. Au feu de la
cheminée, un rôti cuisait dans la *coquelle* de
fonte avec un grésillement de graisse bouillante.
Devant l'âtre, sur une chaise basse, une femme
à la taille épaisse et aux larges hanches activait
le brasier. Elle était tête nue, coiffée à la chi-
noise, et ses cheveux châtain clair étaient semés

d'une quantité de petites papillotes de papier brun.

Elle se retourna vivement. Aimée vit deux yeux ronds, deux joues pareilles à des pommes rouges, un gros nez arrondi et luisant du bout, et une petite bouche qui, en s'ouvrant, prenait la forme d'un *o*.

— Voici une voyageuse pour vous, mam'selle Victoire, dit le charbonnier.

— *Ga !* s'écria la dame en écarquillant ses yeux et en écartant ses bras courts, c'est vous, ma mie ? Nous ne vous attendions plus aujourd'hui... Vous avez donc manqué le courrier ?

Elle s'avançait, tout en la dévisageant, et elle finit par la baiser bruyamment sur les joues, tandis qu'Aimée, encore ébahie, lui expliquait les incidents du voyage. Le charbonnier avait apporté la malle ; la jeune fille se tourna vivement vers lui et ouvrit son porte-monnaie.

— Non, non, mademoiselle, protesta le garçon en rougissant, ce que j'ai fait, je l'ai fait de bon cœur, et vous ne me devez qu'un grand merci.

Aimée eût souhaité que sa tante se montrât plus hospitalière ; mais, celle-ci ne paraissant nullement se soucier du charbonnier, la jeune fille s'approcha de son conducteur et lui demanda avec vivacité comment il s'appelait.

— Justin... le Grand-Justin, charbonnier au Bois-des-Fosses, répondit-il de sa voix mordante.

— Merci, monsieur Justin, dit-elle; voulez-vous me donner une poignée de main?

— Bien volontiers.

Elle mit sa main blanche dans la main noire du garçon, à la grande stupéfaction de sa tante, qui assistait à cette scène d'un air scandalisé.

Il s'éloigna en saluant et en jetant un dernier regard sur Aimée qui avait enlevé sa toque et dont les cheveux dénoués retombaient librement sur ses épaules.

— Mon autre tante va bien? demanda-t-elle en s'approchant du feu, car elle grelottait.

— Oui, elle est au bureau, et vous allez la voir... Mélanie, Mélanie!

Mˡˡᵉ Mélanie arriva sans bruit, grâce à ses pantoufles à semelles de feutre, et, en se retournant, Aimée l'aperçut tout à coup derrière elle, raide et anguleuse dans sa robe de mérinos noir, au corsage plat comme celui d'une Vierge de l'école primitive, avec une jupe tombant à plis droits le long de ses hanches maigres. Son bonnet noir orné d'un chou de velours gros bleu avançait dévotement jusqu'au milieu du front, ne laissant voir qu'un soupçon de cheveux déjà grisonnants ; il serrait ses tempes creuses et accompagnait sévèrement un long visage au teint bis, aux yeux baissés, au nez mince et pincé.

Avant d'embrasser sa nièce, elle l'attira au jour, près de la fenêtre, examina lentement ses cheveux, sa figure, son corps jeune et souple, moulé dans une robe de cachemire noir taillée à la dernière mode, puis elle fit la grimace :

— Seigneur ! s'exclama-t-elle en lançant un regard aigu vers sa sœur cadette, comme elle ressemble aux Finoël... Elle tient d'eux et n'a rien des Chenut. Enfin, enfin ! embrassez-moi, ma nièce. Quels cheveux désordonnés vous avez !.. Il faudra voir à vous coiffer d'une manière plus décente.

III

Chez les « dames de la poste », la vie était d'une régularité claustrale. A six heures, la cloche de l'église sonnait l'*Angelus*, et les deux chiens-loups de l'épicier d'en face, sur les nerfs desquels ce tintement grêle agissait sans doute d'une façon spéciale, y répondaient invariablement par des glapissements furieux. Peu à peu le village s'éveillait : le marteau du ferblantier recommençait à battre précipitamment les bandes de métal qui reluisaient au soleil ; dans la rue des Fermiers, les vaches, franchissant d'un saut les portes charretières, se rassemblaient en mugissant aux sons de la corne du pâtre. Les facteurs ruraux, avec leur collet rouge dépassant l'encolure de la blouse bleue, et leurs houseaux de toile aux jambes, devisaient, le bâton à la

main, devant les fenêtres du bureau, en attendant le courrier, qui arrivait à sept heures au trot
de ses trois chevaux, dont les grelots retentis-
saient de très-loin.

Mlle Mélanie Chenut descendait alors au bureau
en camisole du matin, la tête encapuchonnée à
cause des courants d'air. Elle triait les dépêches
et les distribuait aux piétons, en assaisonnant
cette distribution de recommandations formulées
d'une voix revêche.

Il y a des vases dans lesquels les liqueurs
les plus douces s'aigrissent; la personne de
Mlle Mélanie avait la même propriété. Sa dévotion était intolérante, et elle avait le don de
la rendre intolérable au prochain. On eût dit
qu'au fond de sa conscience moisissait un vieux
remords dont l'âcreté donnait de l'amertume
à tout ce qui sortait de l'âme de cette vieille
fille. Ceux qui l'avaient connue jeune et assez
jolie prétendaient que sa jeunesse n'avait pas été
aussi austère que sa maturité. On jasait tout bas,
à huis-clos, d'une certaine phase de sa vie qui restait enveloppée de mystère et qui, au dire des
mauvaises langues, cachait quelque gros péché.
Actuellement, la receveuse des postes n'avait
plus qu'une préoccupation, faire son salut, et

pour gagner le paradis dans l'autre monde elle
s'évertuait à transformer celui-ci en purgatoire
pour son entourage.

Mlle Victoire, sa cadette, était dévote aussi,
mais d'une dévotion plus onctueuse et moins dé-
tachée des préoccupations mondaines. Bien
qu'elle frisât la quarantaine, elle n'avait pas
encore renoncé à l'espoir de trouver un mari.
Elle se mettait en frais de toilette et se forgeait
en imagination de chimériques amours dont elle
associait les fantômes à ses méditations pieuses.
En attendant qu'elle trouvât un époux selon la
chair, elle offrait le trop plein de son cœur à
l'époux mystique de l'*Imitation*. C'était elle qui
se chargeait de décorer l'autel de la Vierge ; elle
l'ornait de roses blanches et de fleurs d'oranger,
comme s'il se fût agi de le parer pour ses propres
noces. Elle possédait encore un joli filet de voix
flûtée et elle dirigeait le chœur des congréganistes
pendant le mois de Marie. Le matin, tandis que
Mélanie vaquait à ses écritures, la grosse Victoire
en papillotes et en caraco de basin, s'occupait
du ménage. Tout en tracassant par la cuisine,
elle songeait aux rêves tumultueux de la nuit
passée, à la dernière visite du juge de paix, à la
probabilité d'amener ce sauvage célibataire à

s'engager dans les saints nœuds du mariage. Alors
sa poitrine se gonflait, des soupirs lui montaient
aux lèvres, et, prise tout d'un coup d'un besoin
d'effusion, elle entonnait d'une voix roucoulante,
qu'on entendait du fond des jardins de *l'Abbatiale*, ces couplets de son cantique de prédilec-
tion :

> Auteur souverain de mon être,
> A toi je veux me consacrer ;
> Trop tard j'appris à te connaître,
> Trop tard j'appris à t'adorer.
>
> O Jésus! tu veux que je t'aime,
> Découvre-moi ton divin cœur,
> Et dans le mien, beauté suprême,
> Naîtront l'amour et le bonheur...

Aux sons de cette pieuse et langoureuse mélo-
die, que Victoire modulait avec des élans attendris et des roulements d'yeux, un gros chat noir
et blanc, que la vieille fille avait baptisé du nom
d'Arthur, descendait du dressoir et venait se frôler aux jupes de sa maîtresse ; il se vautrait à ses
pieds, s'étirant béatement, le corps tout agité
de frissons électriques, comme s'il subissait à son
tour l'influence de cette musique mystiquement
sensuelle.

A midi on dînait. L'après-dînée était consa-

crée à de longues stations à l'église, à de mystérieux colloques dans la sacristie avec la sœur du
curé, à de pieux raccommodages d'aubes et de
devants d'autel. Le soir, on préparait les paquets
pour le départ du courrier, puis on soupait sobre-
ment d'un plat froid et d'une salade. Les rumeurs
du village s'assoupissaient, et dans le silence de
la nuit on entendait soudain un frais bouillonnement d'eau au fond des jardins. C'était le bruit des
vannes du moulin, que levait Paul, le meunier,
et c'était aussi le signal du coucher. Mlle Mélanie
allait s'agenouiller sur son prie-Dieu ; Mlle Victoire gagnait son lit où elle retrouvait les rêves
agités des nuits précédentes, et le lendemain la
journée recommençait identiquement semblable.

Ainsi s'écoulait cette existence monotone
qu'Aimée avait été conviée à partager. En con-
sentant à se charger d'elle, les demoiselles Chenut
avaient moins obéi à un mouvement d'humanité
chrétienne qu'à des considérations purement inté-
ressées. D'abord le notaire de Marly ayant écrit
au maire pour obtenir des renseignements, l'histoire de la pénible situation de leur nièce avait
été divulguée dans le pays, et les deux dévotes
s'étaient trouvées obligées de « faire quelque
chose pour Aimée », sous peine de se mettre en

désaccord flagrant avec leurs principes de cha-
rité ; puis elles s'étaient dit qu'Aimée les aiderait
dans leurs écritures et pourrait remplacer avanta-
geusement l'auxiliaire que l'administration leur
refusait depuis cinq ans.

Dès son arrivée, la jeune fille fut initiée par
Mélanie aux secrets de la manutention postale.
La pauvre enfant, habituée à la douce vie confortable de la maison de Marly, n'eut plus une
minute de repos. De la fenêtre poudreuse du
bureau elle voyait au loin les grands bois qui en-
vironnent Auberive d'une triple ceinture. Elle
les regardait mélancoliquement, de l'air de
Mignon regrettant la patrie. Jamais de prome-
nade, jamais une échappée de course en pleine
nature. Les deux demoiselles Chenut détes-
taient la marche, et d'ailleurs à Auberive ce
n'était pas l'usage de se promener dans les bois.

La seule distraction d'Aimée était la conversation de Victoire. Celle-ci, plus ouverte et plus
familière que son aînée, montrait une certaine
amitié à cette nouvelle venue, qu'elle traitait en
camarade et avec qui elle jouait à la jeune. Elle
lui confiait ses vagues espérances amoureuses,
sans crainte d'être raillée ou rabrouée, comme
cela lui arrivait d'ordinaire avec l'austère Mélanie.

Elle l'emmenait dans une chambre haute que la jeune fille affectionnait, parce que sa mère l'avait habitée autrefois. Là, Mlle Victoire s'épanchait.

Elle confiait à Aimée ses émotions quand le juge de paix apportait ses paquets au guichet et qu'elle se trouvait par hasard seule avec lui. Elle déplorait naïvement que ce célibataire de quarante-cinq ans n'eût d'autre passion que la chasse. Deux fois par semaine, le juge et le curé venaient à la poste faire la partie de *nain jaune*; et c'était le lendemain pour Mlle Victoire une source de commentaires prolixes, sur la façon dont le juge s'était comporté et sur ses distractions au jeu.

Parfois la vieille fille fouillait dans ses souvenirs de jeunesse, et dans ces retours vers le temps passé, Aimée retrouvait avec bonheur un écho de l'adolescence de sa mère. Ce n'était qu'avec Victoire qu'elle pouvait se hasarder à parler de la morte, car Mlle Mélanie affectait de ne jamais prononcer le nom de la malheureuse « qui avait compromis la famille en montant sur les planches ».

Tout ce qui rappelait la faute de sa sœur Coralie avait le don d'exaspérer l'humeur acerbe de Mélanie, et, comme Aimée était le vivant souvenir de cette faute, l'impitoyable dévote ne lui ménageait pas les duretés. Dès les premières semaines, elle s'était offusquée de voir Aimée porter le deuil de M. de Rouvre. Un dimanche, elle lui dit de sa voix aigre :

— Il faudrait pourtant, ma nièce, renoncer à ces vêtements noirs que vous étalez avec trop d'ostentation. Ce matin, pendant la sainte messe, quelqu'un m'a demandé de qui vous étiez en deuil et j'ai été fort embarrassée.

— C'était bien simple, répondit Aimée ; il fallait répondre que je suis en deuil de mon père adoptif.

— J'ai jugé inutile de faire connaître cela à tout le pays, et, si vous m'en croyez, vous éviterez de vous afficher de la sorte... Il y a des deuils qu'il faut porter dans le cœur et non extérieurement.

— Personne ne peut se choquer de me voir honorer la mémoire de l'homme qui m'a élevée et protégée.

— Belle protection que celle d'un dissipé et d'un libertin !

— Je vous défends de mal parler de mon père, s'écria Aimée en dévisageant la dévote et en dar-

dant entre ses paupières mi-closes un regard
plein de colère.

— Fi ! dit Mlle Mélanie en baissant les yeux,
ne vous emportez donc pas. La colère est un péché capital... et c'est chez vous malheureusement
un péché originel... Ah ! voilà bien le sang des
Finoël, et vous avez hérité du vilain caractère de
ces gens-là... Il faudra vous dompter, ma fille !

Quand elle se retrouva seule avec Victoire,
Aimée lui demanda :

— Que veut dire ma tante avec ce sang des
Finoël qu'elle me jette à la tête comme un
reproche ?

— Ma chère, répondit la vieille fille, Finoël est
le nom de ta grand'mère Sylvine. C'était la fille
d'un charbonnier, une sauvage que mon pauvre
père avait connue à la chasse et qu'il avait épou-
sée pour sa beauté... On ne voit plus maintenant
de ces passions-là !.. Le mariage eut lieu contre
le gré de notre famille et mon père ne tarda pas
à s'en repentir. Ta grand'mère avait les goûts
bizarres des gens qui l'avaient élevée, une façon
de vivre excentrique et un caractère emporté
jusqu'à la violence. Elle est morte quand j'étais
encore enfant, et elle n'a guère été regrettée.

— Est-ce vrai, ma tante, que je lui ressemble ?

— Mélanie prétend que oui, et c'est tant pis, ma chère !

—— Avons-nous encore des parents du côté de ma mère?

— Oui, il y a dans un coin des bois d'Amorey un Denis Finoël, qui est le propre frère de ton aïeule, mais il doit être fort vieux maintenant, et tu penses bien que nous n'avons pas cultivé sa connaissance. Ce Finoël est la bête noire de ma sœur Mélanie.

A la suite de cette conversation, Aimée resta silencieuse, et le soir la surprit méditant sur les dernières confidences de Mlle Victoire.

L'histoire de cette Sylvine Finoël lui avait fait une impression profonde. Elle se sentait attirée par une secrète sympathie vers cette aïeule à laquelle elle ressemblait. Penchée à l'étroite fenêtre de la petite chambre qu'on lui avait aménagée à côté de la cuisine, elle regardait le crépuscule tomber sur les grandes futaies sombres des bois d'Auberive, et se disait qu'elle voudrait bien connaître ce Denis Finoël, tant détesté par Mélanie.

La forêt, veuve de ses feuilles, s'enlevait en masses d'un violet noir sur le ciel éclairé par les mourantes lueurs d'un soleil d'hiver. A la lisière, une dizaine de trembles détachaient leurs fûts blanchâtres sur le fond mystérieux des bois. Entre ces derniers arbres et les premières maisons du village, des corbeaux volaient en tournoyant au-dessus des champs de blé vert.

Les regards de la jeune fille se promenaient avidement sur la confuse étendue de cette forêt si voisine et qu'elle n'avait jamais visitée. Ils en suivaient les contours adoucis par le crépuscule; ils se plongeaient dans les entonnoirs des combes; ils remontaient le long des tranchées dont les percées rectilignes ouvraient comme des brèches dans la ligne de l'horizon. Aimée se sentait attirée vers la forêt par le charme des choses inconnues et défendues, et le vieux sang forestier des Finoël fermentait dans ses veines, comme la séve qui s'éveille dans les arbres aux premiers soleils de février.

IV

— M. Simonin est en retard, ce soir! dit
Mlle Mélanie en se penchant vers la cheminée
où une pendule à colonnes venait de sonner huit
heures.

—M. le juge de paix se sera oublié à la chasse,
insinua l'abbé Hersant.

En même temps le curé se hâtait de s'installer
dans l'unique fauteuil confortable du salon. Son
grand corps maigre flottait dans une soutane
blanchie aux coutures. Ses pommettes saillantes,
ses petits yeux perçants et scrutateurs sous des
paupières presque toujours baissées, lui donnaient
un air ascétique. Sa seule faiblesse était de se
poser soigneusement à contre-jour, afin de rendre
moins apparentes les marques de petite vérole
dont son visage était troué.

— Le juge, continua-t-il en abritant de la main
ses yeux fatigués, le juge est un Nemrod, et
comme les jours rallongent, il se sera attardé à
poursuivre son gibier.

— Oui, remarqua la sœur du curé, après avoir
compté les mailles de son tricot, voilà que nous
tenons le printemps, et j'ai déjà entendu le
coucou :

> Trois jours en mars, trois jours en *avri*,
> Chante, coucou, si tu es en vie...

A l'autre bout de la table, Aimée, tout en bâil-
lant sur un numéro des *Annales de la propagation
de la foi*, assistait d'un air indifférent à cette conversation sans intérêt. La lueur de la lampe éclairait faiblement la blancheur de sa nuque et ses
cheveux noirs que le peigne avait du mal à maintenir et qui s'échappaient de tous côtés en frisures
rebelles. Ses yeux couraient distraitement le long
des pages de la brochure ; elle prêtait l'oreille au
bouillonnement de l'eau dans les vannes du moulin, et semblait ne se soucier ni de sa lecture,
ni de cette partie de *nain jaune* si impatiemment
attendue par les trois vieilles filles et le curé.

— Voici M. Simonin ! J'entends son pas !

s'écria Mlle Victoire, qui devint toute rouge et qui s'empressa d'apporter le carton du *nain jaune*.

En effet, le juge entra précipitamment et se confondit en excuses.

M. Simonin avait quarante-cinq ans. Il était, comme le curé, alerte et maigre ; seulement, au rebours de l'abbé Hersant, il avait une vivacité de geste et une volubilité de parole qui donnaient à sa naïve personnalité un agrément dont le curé était absolument dépourvu. Vivant seul à l'Abbatiale, entre sa gouvernante et ses chiens, il était un peu malade imaginaire, s'occupait minutieusement de son régime, de son appétit, de ses digestions, et en entretenait volontiers les autres. Chasseur adroit et passionné, il estimait surtout la chasse pour ses vertus apéritives. Il était heureux de revenir affamé et de pouvoir dire à ses intimes : — J'ai fait huit lieues aujourd'hui, et en rentrant j'ai mangé comme un vautour...

Il salua cérémonieusement le curé et sa sœur, s'inclina plus familièrement devant les demoiselles Chenut, puis s'approchant d'Aimée et lui souhaitant le bonsoir :

— Mademoiselle, ajouta-t-il, vous m'avez dit que vous n'aviez jamais vu de bécasses... J'ai eu

la chance d'en tuer deux ce soir, permettez-moi
de vous en faire hommage.

En même temps il extrayait de chacune des
poches de sa longue redingote un de ces oiseaux
qu'il déposait sur les genoux de la jeune fille.

— Pauvres bêtes ! murmura Aimée en lissant
du bout du doigt le plumage jaunâtre et bistré des
deux oiseaux dont les têtes pendaient, les yeux
fermés, avec leur long bec proéminent, quel
dommage !

— On prétend, remarqua le curé, que la bé-
casse est un des gibiers les plus difficiles à tirer.

— Oui, répondit le juge, mais j'ai le coup d'œil
juste et mon fusil est excellent ; j'étais décidé à
ne pas rentrer avant d'en avoir décroché deux
pour mademoiselle.

Si les regards de Victoire avaient eu la vertu
meurtrière du fusil du juge, Aimée eût subi en ce
moment le sort des bécasses.

La vieille fille, suffoquée par cet accès de ga-
lanterie, dardait furieusement ses gros yeux sur
sa nièce.

— Ah ! se disait-elle, la traîtresse ! Voilà comme
elle me récompense de l'amitié que j'avais pour
elle ! Elle travaille à me supplanter dans le cœur
du juge.

12.

Elle bondit vers Aimée, et lui arrachant des mains les deux oiseaux :

— Sotte, s'écria-t-elle, au lieu de caresser ces bêtes mortes, ne feriez-vous pas mieux de distribuer les jetons?.. Vous voyez bien qu'on attend !

Elle jeta dédaigneusement le gibier sur la cheminée et prit place à côté du curé. Pendant toute la soirée, elle ne perdit pas de vue le volage juge de paix, qui s'était assis près d'Aimée et lui donnait des conseils à mi-voix. C'était la première fois qu'elle s'apercevait des attentions du juge pour sa nièce. Le sauvage chasseur, si froid d'ordinaire avec les dames, semblait se dégeler aux côtés de cette verte jeunesse de seize ans. Lorsqu'il parlait à Aimée, sa voix, habituellement brusque, trouvait des intonations veloutées qui mortifiaient cruellement l'amour-propre de Victoire. A partir de cette soirée, la jalousie commença de poindre au cœur de la grosse fille, et Aimée eut une ennemie de plus dans la maison.

Du reste, elle ne paraissait nullement s'en inquiéter. Au contraire, le printemps semblait développer en elle des germes d'espièglerie et de rébellion. Pendant tout l'hiver, elle avait supporté avec une résignation apparente la monotonie de

sa vie de recluse, les exigences taquines de
Mlle Mélanie et les niais bavardages de Victoire ;
mais, depuis les premiers soleils d'avril, toute la
vitalité qui sommeillait en elle s'était réveillée.
Elle était comme ces jeunes chevreuils qu'on
croit apprivoisés et qui sentent tout d'un coup
leurs instincts de fauve renaître, quand le vent
printanier leur apporte les émanations de la forêt.

Lorsque, par la fenêtre ouverte, Aimée voyait
les hêtres bourgeonner, ou que le matin, en
s'éveillant, elle entendait le sifflet des merles à la
lisière du bois, elle s'impatientait de son existence renfermée, il lui montait à la tête de violents désirs de courses en pleine forêt, de vaga-
bondage à l'air libre.

Un soir, un facteur rapporta de sa tournée un
bouquet de muguets à peine épanouis, et l'offrit
à la jeune fille. Cette pénétrante odeur des plantes
forestières fit monter des larmes aux yeux d'Aimée. Elle plongea sa figure dans les blanches
grappes humides et en respira longuement le
parfum.

Quand elle releva la tête, ses yeux brillaient et
ses narines dilatées avaient une telle expression
de joie voluptueuse que Mlle Mélanie en fut scan-
dalisée. Elle reprocha aigrement à sa nièce « cette

coupable délectation des sens », et lança les muguets par la fenêtre.

Aimée sortit en faisant claquer la porte, tandis
que Mlle Mélanie, croisant les bras et enfonçant
ses mains dans ses larges manches taillées à la
religieuse, murmurait :

— C'est une vraie Finoël !

En effet, on eût dit que le sang des Finoël
bouillonnait plus fort que jamais dans les veines
de la jeune fille. Cette influence de la race se
traduisait de mille façons scandalisantes : — désirs fantasques, brusques explosions de larmes,
colères soudaines, révoltes terribles.

Aimée trouvait de malicieux raffinements pour
exaspérer la jalousie de Victoire. La grosse fille
en maigrissait et devenait enragée. On ne sait
pas quelles rancunes vénéneuses peuvent fermen-
ter dans une nature féminine étroite, sensuelle
et bornée, qui a passé sa jeunesse à étouffer de
désirs et qui, arrivée en sa pleine maturité, voit
sa dernière espérance matrimoniale coupée sur
pied par le caprice d'une fillette de seize ans...
Victoire nourrissait maintenant contre Aimée
une haine de vieille fille et de dévote. Elle la
haïssait à cause de sa jeunesse, à cause de sa taille
svelte, de ses yeux lumineux et surtout de ses

abondants cheveux noirs, frisant naturellement,
tandis que les pauvres boucles rares de la qua-
dragénaire restaient rebelles à la longue compres-
sion des papillotes.

Ces beaux cheveux moutonnants étaient, de la
part des deux vieilles filles, l'occasion de conti-
nuelles réprimandes acrimonieuses. Elles avaient
obtenu à grand'peine qu'Aimée les nouât en un
lourd chignon au lieu de les laisser flotter sur ses
épaules. Elles auraient voulu la forcer à les en-
fouir sous un bonnet de linge ; mais plus les deux
tantes multipliaient les sermons, plus la nièce
s'obstinait à montrer ses cheveux, dont elle était
très-fière.

Un soir qu'elle s'apprêtait à se rendre au salon,
où le juge et le curé étaient déjà installés autour
de la table à jeu, elle s'approcha du petit miroir
pendu en face de son lit, défit son peigne et
regarda ses cheveux se répandre sur ses épaules.
Des idées de révolte lui montaient à la tête.
Elle noua quelques-unes des boucles avec un bout
de ruban, laissa les autres ondoyer autour de son
cou et pendre jusqu'au milieu du dos, et ainsi
coiffée, elle apparut brusquement dans le cercle
des joueurs.

Il y eut un mouvement de surprise sur tous les

visages. Les tantes étaient effarées, le curé fronça
les sourcils, sa sœur ne put retenir un « oh ! »
désapprobatif ; le juge seul parut enchanté.

— Tu t'es bien fait attendre ! grommela
Victoire d'une voix étranglée.

— J'avais la migraine, répliqua Aimée, mais
je vais mieux ; seulement, comme mon peigne
me faisait mal, je l'ai enlevé.

Les coins de sa bouche se retroussaient ironiquement, et, derrière les franges des cils, ses
yeux verts coulaient vers les vieilles filles d'obliques regards de bravade. Mlle Mélanie se tenait
à quatre pour ne pas éclater. Aimée s'assit tranquillement à sa place accoutumée, près de M. Simonin. Le pauvre juge, qui sentait de temps à
autre le collet de sa redingote effleuré par les
boucles indisciplinées de sa voisine, ressemblait
à un saint Laurent sur le gril. La pénétrante odeur
de ces jeunes cheveux le grisait. A un certain
moment, il n'y put tenir, et frôlant de ses doigts
timides les soyeuses crêpelures d'Aimée :

— Mazette ! murmura-t-il, que vous avez de
beaux cheveux, mademoiselle Aimée !

Il y eut d'abord un silence profond ; les vieilles
filles et le curé se regardaient stupéfaits.

— Aimée ! s'écria enfin Victoire en foudroyant

du regard l'audacieux chasseur, viens te mettre auprès de Mélanie !

En même temps, la grosse fille se levait, poussait vivement sa nièce du côté de sa sœur aînée, et s'intercalait violemment entre les deux coupables.

Cette démonstration imprudente du juge jeta un froid sur tout le reste de la soirée. M. Simonin se hâta de s'esquiver après la partie ; le curé et sa sœur le suivirent de près.

Quand les deux tantes furent seules avec leur nièce :

— Mademoiselle, commença Mélanie de son ton le plus rêche, pourquoi vous êtes-vous présentée dans cette tenue inconvenante ?

— Quelle tenue ? demanda ingénument la malicieuse fille en s'examinant d'un air étonné.

— Ne fais donc pas l'innocente ! murmura Victoire.

— Vous me comprenez fort bien, reprit Mélanie, je parle de cette indécente crinière que vous laissez pendre sur votre dos malgré ma défense... C'est offenser Dieu, ma fille, que de se livrer à ces damnables coquetteries.

— Puisque Dieu m'a donné mes cheveux, pourquoi l'offenserais-je en les montrant ?

— Quelle immodestie ! s'exclama Victoire ou-
trée ; étonnez-vous après cela que les hommes se
permettent des privautés, quand on les y pousse
par de semblables provocations.

— Chut ! Victoire, interrompit la sœur aînée,
le mal est assez grand sans l'augmenter par des
commentaires... Retirez-vous, mademoiselle, et
demain ayez la bonté de mettre un bonnet quand
vous viendrez au bureau ; sans quoi je me verrai
dans l'obligation de vous faire couper les cheveux.

— Couper mes cheveux ? Essayez ! s'écria
Aimée, dont le tempérament violent se souleva à
cette seule menace.

Elle tourna le dos à ses tantes et marcha vers
la porte ; mais quand elle l'eut ouverte, avant de
disparaître, elle se retourna vers les deux vieilles
filles, et, d'une voix vibrante, elle leur cria de
nouveau :

— Essayez !

V

Les deux sœurs se regardèrent en hochant la tête.

— Quel caractère infernal! soupira Mlle Mélanie.

— Et quelle dépravation précoce ! ajouta charitablement Victoire, en baissant pudiquement les yeux.

La receveuse des postes mordit ses lèvres minces :

— Nous avons été trop faibles, reprit-elle, et la faiblesse est un encouragement au péché... Il faudrait que cette fille fût menée par une main de fer ; il faudrait flageller son orgueil et mortifier sa beauté dont elle est si vaine.

— Eh ! Seigneur, il n'y a pas tant de quoi, fit dédaigneusement Victoire, je ne vois rien de

13

beau dans ses yeux renfoncés et sa grande bouche...

— Là n'est pas la question, riposta sèchement
Mlle Mélanie ; elle se croit belle et d'autres le
croient également, voilà où est le mal... Il faut
qu'elle ait en elle quelque chose de la perversité
tentatrice du Malin pour que le juge, un homme
si réservé ! se soit oublié jusqu'à lui caresser les
cheveux.

— Ses cheveux ! s'écria Victoire, que les réflexions de sa sœur rendaient encore plus enragée, je voudrais que le bon Dieu les lui fît tomber
tous en une nuit !

— Ce serait un châtiment désirable, dans l'intérêt de son salut.

Les deux sœurs échangèrent silencieusement
une œillade significative. La même idée féroce —
une idée capable de germer seulement dans le
cerveau de vieilles filles vindicatives et jalouses
— venait de leur traverser l'esprit.

— Si on les lui coupait, insinua Victoire à
voix basse.

Mélanie poussa un soupir.

— Elle ne se laisserait pas faire et nous aurions quelque esclandre.

— La nuit... souffla du bout des lèvres la

sœur cadette, se retournant après chaque mot, comme si elle eût craint de voir Aimée apparaître à la porte. Elle couche tête nue et elle dort comme un plomb... Avec les grands ciseaux du bureau... cric ! — elle ébaucha le geste, — en deux coups ce serait fait.

Mélanie restait muette et méditait, les yeux fixes, les lèvres rentrées :

— Assurément, dit-elle, ce serait sauver l'âme en châtiant le corps... Mais il faudrait s'y prendre adroitement, et, pour ma part, je n'ai plus la main assez légère... D'ailleurs, il me vient des scrupules que je voudrais auparavant soumettre à M. le curé...

— Je prends tout sur moi ! interrompit impétueusement Victoire.

Mlle Mélanie baissa les yeux, leva les mains à la hauteur de sa tête, puis les laissa retomber avec un geste de résignation que Victoire interpréta immédiatement comme une autorisation tacite. Elle s'élança dans le bureau et en revint armée des ciseaux à couper la ficelle des paquets. Mlle Chenut aînée, tout en allumant son bougeoir, se sentit tourmentée d'un dernier scrupule.

— Victoire, dit-elle de sa voix sévère, réfléchis

encore... Si dans cette affaire, au lieu d'être poussée par un zèle purement chrétien, tu n'obéissais qu'à un mouvement charnel de jalousie, tu devrais t'abstenir.

— De jalousie ! répliqua Victoire furieuse, et de quoi serais-je jalouse, sainte Vierge?

— Enfin, je te laisse la chose sur la conscience ! fit Mélanie, en gagnant prudemment sa chambre à coucher.

Restée seule, Victoire s'assit et attendit que la maison fût redevenue complétement silencieuse. Elle avait posé les ciseaux sur la table, et, pour se tenir en haleine, elle se représentait le geste du juge passant sa main sur les cheveux crêpelés d'Aimée. Au bout d'une demi-heure, tout était coi. Dans le salon envahi par l'obscurité, on n'entendait plus que la respiration un peu courte de la grosse fille, et, tout au loin, par-delà les vitres closes, la vibrante musique des rossignols dans les jardins de l'Abbatiale.

Victoire défit ses chaussures pour plus de précaution. Puis dissimulant les ciseaux dans sa poche, tenant d'une main le chandelier, et de l'autre abritant la lumière contre les courants d'air, elle se glissa doucement à travers la cuisine jusqu'à la chambre d'Aimée.

Une fois qu'elle eut entre-bâillé la porte, elle posa la lumière sur une table et regarda.

Les vêtements jetés sur une chaise, en un tas, formaient une masse sombre au pied du lit. Aimée, dans le plein de son premier sommeil, dormait profondément, le visage tourné vers le mur. Ses cheveux épars se détachaient sur la blancheur des draps. On entrevoyait parmi les boucles noires un bout d'oreille mignonne, et plus vaguement la ligne gracieuse d'un profil perdu dans la pénombre.

Victoire s'approcha palpitante, ouvrit ses ciseaux, et, soulevant lestement une masse de cheveux bouclés, les coupa net au ras de la nuque. Un second coup en trancha une nouvelle poignée ; mais le grincement des branches d'acier avait déjà troublé le sommeil de la jeune fille ; au moment où l'impitoyable tondeuse levait la main pour dégager une dernière touffe de cheveux, Aimée s'éveilla en sursaut, et ses yeux encore alourdis distinguèrent sa tante qui reculait décontenancée.

En même temps, les ciseaux, que Victoire avait laissés sur le drap, glissèrent bruyamment sur le carreau. Aimée, portant précipitamment ses mains à sa tête, s'aperçut de la barbare opéra-

tion qu'on venait de pratiquer. Elle bondit hors
du lit en poussant un tel cri de colère et de douleur, que Mlle Mélanie, qui ne dormait pas,
accourut, tout épeurée, en toilette de nuit.

Les cheveux coupés jonchaient les pieds d'Aimée. Ses yeux verts, indignés, ne quittaient
pas les deux dévotes effarées et presque fas-
cinées par ce regard étincelant. Elle avait levé
ses bras nus et ses mains serraient sa tête,
comme pour défendre le reste de sa chevelure
mutilée. La colère lui coupait la parole. Victoire
s'était prudemment reculée jusqu'auprès de sa
sœur. Ses rondes prunelles lorgnaient, avec une
jalouse curiosité, ce délicat et blanc corps de
jeune fille, dont la chemise déboutonnée révélait
des beautés et des grâces que l'infortunée qua-
dragénaire n'avait jamais connues, même en
imagination. Et ces blancheurs laiteuses, ces
ronds et purs contours lui faisant mieux sentir
encore son infériorité de fille mûre et fanée, re-
doublaient son dépit et ses rancunes.

— C'est lâche, ce que vous avez fait ! murmura
enfin Aimée d'une voix sourde ; c'est méchant et
c'est criminel !

— Ma nièce, essaya de protester la revêche
Mélanie ; ma nièce, calmez-vous !

— Tenez, allez vous-en ! reprit la jeune fille exaspérée, allez vous-en, ou j'en fais autant à vos laides papillotes !

Elle avait ramassé les ciseaux et elle marchait résolûment vers Victoire. La grosse fille, qui ne se sentait pas à son aise, lâcha pied la première, et entraînant Mélanie :

— Partons ! fit-elle, elle est capable de tout !

Aimée repoussa vivement la porte sur ses tantes et la verrouilla à l'intérieur.

Une fois seule, elle prit la chandelle oubliée par Victoire et se regarda dans sa petite glace. Tout un côté de sa chevelure avait été mutilé. Elle saisit les ciseaux et coupa les boucles qui restaient. Quand elle eut rageusement consommé le sacrifice de sa chevelure et qu'elle se vit coiffée comme un garçon, alors seulement son désespoir éclata. Elle se jeta sur son lit, les yeux en pleurs, le corps agité par des convulsions de colère, et elle enfouit sa tête dans les draps, qu'elle mordait pour qu'on n'entendît pas ses sanglots.

Il y avait de tout dans la douleur qui secouait violemment le système nerveux de cette enfant de seize ans : regrets cuisants de la perte de ses beaux cheveux dont elle s'enorgueillissait, amer ressentiment de l'humiliation infligée par Vic-

toire, rébellion furieuse contre la tyrannie des
deux vieilles filles.

Au beau milieu de ses sanglots et de son désespoir, elle se releva brusquement. Une détermina-
tion subite venait d'éclore dans son cerveau. Elle
courut à ses vêtements et s'habilla avec une hâte
fébrile. Elle passait vivement ses jupes, et, les
lèvres serrées, les narines dilatées, les sourcils
froncés, elle tirait le lacet de son corset avec de
petits mouvements secs et précipités. Quand elle
eut boutonné sa robe, elle prit dans sa malle de
fortes bottines de cuir jaune, sa toque et le plaid
qui lui avait servi pendant son voyage. Puis,
coiffée et chaussée, ayant noué le tartan en
écharpe autour de sa taille, elle prêta un moment
l'oreille...

Ses tantes n'étaient pas encore couchées. Elle
les entendait marcher et chuchoter au premier
étage. Elles n'avaient pas la conscience bien
tranquille et craignaient sans doute un esclandre.
Au bout de quelques minutes, l'escalier cria sous
le pas pesant de Victoire. Aimée souffla la chandelle et se tint immobile dans l'angle de la porte.
Bientôt elle distingua de l'autre côté de la cloison la respiration courte de la grosse fille. Victoire avait appliqué son œil à la serrure et elle

épiait sa nièce. Le silence et l'obscurité de la
chambre la rassurèrent probablement, car elle
murmura à voix basse : — Elle a éteint sa
lumière et elle dort... Nous pouvons nous coucher.

L'escalier cria de nouveau, les portes du premier se refermèrent et tout redevint tranquille.
Aimée cependant ne bougeait pas de son encoignure, attendant prudemment que le sommeil la
débarrassât de la surveillance des deux vieilles
filles. Ce ne fut que longtemps après, qu'elle se
hasarda à ouvrir doucement sa fenêtre; puis,
accoudée au chambranle de pierre, elle reprit
son attitude immobile et méditative.

A deux pieds de la fenêtre, le jardin s'étendait
en pente douce jusqu'au bord de l'Aubette. Il
faisait clair de lune, et, de sa place, Aimée distinguait l'eau courante du ruisseau sur lequel
une planche étroite servait de passerelle pour
gagner les prés. Au delà de la prairie, dont les
graminées en fleur scintillaient comme des épis
de diamants dans la clarté lunaire, le terrain se
relevait et on apercevait — blanchâtre au milieu
des champs plus sombres — le chemin qui montait en zigzag vers les bois d'Amorey.

C'était par là qu'Aimée voulait s'enfuir ; mais

13.

au moment de mettre son projet à exécution, elle
en entrevoyait toutes les difficultés, et elle se
demandait où elle irait une fois qu'elle aurait
quitté la maison de ses tantes.

Elle ignorait la direction des sentiers de la
forêt, et d'ailleurs, l'eût-elle connue, l'embarras
eût été le même, puisque, pour elle, aucun chemin ne menait vers un logis hospitalier. Et pourtant elle était lasse de la vie qu'elle menait et
elle était décidée à secouer le joug. Le sang des
Finoël bourdonnait dans ses artères, battait dans
ses tempes, affluait à son cerveau, y faisant
pousser de sauvages désirs de vie aventureuse en
plein bois. Elle songeait à son aïeule, la fille du
charbonnier, qui avait vécu dans cette maison et
qui y était morte d'ennui, et, par une association
d'idées toute naturelle, elle pensa de nouveau à
ce vieux Denis Finoël, son grand-oncle, qui
vivait encore, disait-on, dans un coin de la forêt
d'Amorey.

C'était cette forêt dont elle voyait là-bas,
au clair de lune, les lisières mystérieuses pré-
cédées d'une blanche colonnade de trembles au
feuillage luisant. Pourquoi n'irait-elle pas à la
découverte de Denis Finoël? Pourquoi ne de-
manderait-elle pas un asile à ce grand-oncle vers

lequel l'attirait la secrète affinité du sang et de
la race?

La nuit était lumineuse et fraîche, — une
splendide nuit de mai. — Les rayons de lune
dansaient sur l'eau de la petite rivière; ils faisaient courir un frisson argenté sur les feuilles
des hêtres; ils coloraient d'une phosphorescence
bleuâtre les fines buées qui rampaient dans les
fonds du Val-Clavin. La brise apportait de pénétrantes senteurs végétales, confuses respirations
des fleurs des bois et des prés. De tous côtés, les
rossignols chantaient. C'était comme une invi-
tation à la libre vie élémentaire de la nature
sauvage.

A force de fixer ses yeux rêveurs sur les cimes
boisées, Aimée croyait voir les feuillées s'incliner
mollement vers elle. Les nappes de clarté ruisselant sur les feuilles, sur les seigles verts, sur les
hautes herbes des prés, semblaient allonger jusqu'à la fenêtre une route aérienne, un vaporeux
escalier féerique.

Les vagues harmonies de la nuit finissaient par
bourdonner à ses oreilles comme une musique
caressante, déjà entendue jadis. L'hallucination
devenait si forte qu'elle croyait distinguer dans
ces bruits lointains la voix de la grande forêt

mystérieuse qui lui murmurait : — Viens sous mes arbres, c'est là qu'est ton pays, c'est là que tu retrouveras des amis.

Brusquement elle enjamba la fenêtre, sauta dans le jardin et, sans se retourner, sans hésiter, tout d'un élan, elle s'enfuit vers les bois.

VI

Notre corps ne nous appartient pas aussi complétement que nous semblons le croire. La maison est nôtre assurément, mais nous n'en sommes pas les seuls occupants. Les esprits de nos ancêtres y reviennent à de certaines heures. Parfois, dans un de nos gestes, dans un éclair de notre physionomie se révèle la présence de ces mystérieux revenants. — « Souvent, dit Emerson, notre père ou notre mère ou quelque aïeul plus lointain apparaît tout à coup à la fenêtre de nos yeux. » Nos instincts, nos prédilections, nos manies ne sont que les manifestations de la présence d'une grand'mère ou d'un grand-père inconnu. Quelquefois ces influences familiales sont en conflit, et nous subissons alternativement l'impulsion de forces contraires et tumultueuses.

C'est seulement quand une hygiène morale et physique a établi un harmonieux accord entre les différents hôtes du logis, que nous pouvons nous dire maîtres de nous-mêmes.

En s'enfuyant au milieu de la nuit dans la forêt, Aimée avait inconsciemment obéi à cette humeur vagabonde reçue comme un héritage de sa grand'mère maternelle. C'était le sang violent des Finoël qui lui avait fait surmonter les terreurs naturelles à son âge et à son sexe et qui lui avait fait oublier tout ce qu'une pareille aventure présentait de hasards et de dangers.

Quand elle eut gagné la lisière des bois d'Amorey, elle s'arrêta pour reprendre haleine. L'horloge de l'église sonna minuit. Le sang de la jeune fille battait si fort qu'elle entendait le bourdonnement de ses artères entre chaque vibration de la cloche. Un rossignol se mit à chanter, et cette musique printanière lui redonna du courage. Elle s'enfonça hardiment dans le chemin sur lequel, à travers les branches entrecroisées, le clair de lune répandait un semis de taches lumineuses.

Mais quand elle eut marché pendant un quart d'heure, la colère passionnée qui lui avait servi d'excitant se refroidit peu à peu. La réflexion

vint, amenant avec elle toutes les émotions que
peut éprouver une fille de seize ans errant pour
la première fois, la nuit, dans une grande forêt
pleine de ténèbres et de bruits inquiétants.

L'esprit audacieux et entreprenant de Sylvine
Finoël s'était évanoui ; Aimée était dominée
maintenant par certaines prédispositions ner-
veuses et enfantines ; l'âme craintive et supersti-
tieuse de sa mère l'actrice s'était réveillée en
elle.

Le froissement des branches frôlées au passage, l'envolée d'un oisillon réveillé en sursaut,
les caprices du sentier, qui tantôt blanchissait et
tantôt semblait s'enfoncer dans de vagues trous
noirs, toutes ces choses la faisaient tressaillir et
lui rappelaient les contes effrayants que ses
bonnes lui débitaient le soir, les histoires de
loups-garous et de brigands qui lui avaient donné
jadis de si belles peurs dans son petit lit. Pour
comble de malechance, la lune, qui était très-
bas à l'horizon, s'y enfonça peu à peu. La
clarté bleue et diamantée qui ruisselait à travers
les feuilles s'éteignit tout à coup comme une
lampe dont on baisse la mèche, et la jeune fille
se trouva plongée dans les ténèbres.

Bientôt le sol que foulaient ses pieds changea

de nature, elle s'aperçut qu'elle avait perdu le
chemin et qu'elle s'était fourvoyée en pleine
futaie. Elle voulut revenir sur ses pas et ne fit
que s'égarer davantage. Incertaine et peureuse,
elle se mit alors à marcher droit devant elle,
ayant hâte de sortir de cette nuit peuplée de
fantômes.

Au bout d'une demi-heure, elle atteignit une
lisière et vit une large clairière, au fond de
laquelle un limpide bruit de source et une nappe
flottante de buées blanches indiquaient la place
d'un cours d'eau.

Dans cette combe profonde, bordée de tous
côtés par les bois, le brouillard masquait les
accidents de terrain. Aimée n'osait plus avancer.
Ses yeux craintifs regardaient avec inquiétude
les tiges onduleuses des grands joncs qui émer-
geaient de la brume et que le vent inclinait
doucement. Tout à coup, un phénomène étrange
lui fit courir la chair de poule par tout le
corps...

Ce fut d'abord une vague lueur accompagnée
d'un murmure de branches froissées et de grandes
herbes foulées; puis, à vingt pas d'elle, dans la
blancheur laiteuse du brouillard, une lumière de
plus en plus brillante se mit à danser avec de

capricieux soubresauts. En même temps, une
voix semblable à celle de la chouette commença
de piauler sur des tons tantôt aigus et tantôt
mélancoliques, et, autour du halo dont la vapeur enveloppait ce feu dansant, une nuée d'oiseaux tourbillonna d'une façon fantastique.

Aimée n'avait plus une goutte de sang dans
les veines. Elle songeait au feu follet, à la
grand'chasse, à tous les contes de fées et de magi-
ciens dont son enfance avait été bercée, et elle
se croyait tombée en pleine sorcellerie. La singulière flamme se rapprochait, continuant sa danse
affolée, et toujours plus nombreux les oiseaux
tournaient à l'entour avec un bruit d'ailes palpi-
tantes. La jeune fille perdit la tête et se précipita
en avant, afin d'éviter d'être enveloppée dans ce
tourbillon ensorcelé. Mais à peine avait-elle fait
quelques pas que le sol se déroba, une sensation
d'eau fraîche lui monta aux jambes ; elle poussa
un cri d'effroi, ferma les yeux et s'évanouit au
moment où deux mains robustes la soulevaient
sous les bras et la déposaient un peu plus haut
sur des touffes de bruyères.

— Hé ! Manchin, dit à demi-voix celui qui
venait d'empêcher Aimée de glisser dans le ruisseau, en voilà une affaire !.. C'est une *gachette*

(une fille) que je viens de repêcher. Apporte ta lanterne... Et une belle *gachette*, ma fi!..

Le petit garçon qni répondait au nom de Manchin, accourut avec sa lanterne et la tint au-dessus de la tête renversée de la jeune fille. La lumière blafarde tombait d'aplomb sur le pâle visage aux longs sourcils noirs et sur le haut de la poitrine enveloppée du plaid à grands carreaux.

— Nom d'un petit loup! Mais c'est la demoiselle que j'ai conduite l'hiver dernier chez les dames de la poste! s'écria le Grand-Justin en regardant Aimée avec plus d'attention... Notre *frouée* lui a fait peur et elle est tombée en faiblesse.

Il redescendit vers le ruisseau et en revint avec une poignée de menthes qu'il avait trempées dans l'eau; il en frotta les tempes, le front et les narines de la jeune fille, qui ouvrit un moment les yeux pour les refermer en frissonnant.

— N'ayez point de crainte, mademoiselle, dit le charbonnier, vous êtes avec des amis; ne vous souvenez-vous plus du Grand-Justin, qui vous a ramenée de Langres? C'est moi.

Aimée reprenait peu à peu connaissance; ses lèvres ébauchèrent un faible sourire, au nom de

Justin, puis elle se souleva de son lit de bruyères
et balbutia :

— Où suis-je donc?

— Dans le creux du Val-Clavin, répondit le
jeune homme.

— Oh! que j'ai eu peur! murmura-t-elle; il
me semblait que j'étais poursuivie par un feu
follet.

— C'était mon falot! reprit le Grand-Justin
en riant.

Il lui expliqua qu'il chassait les petits oiseaux
à la *lanterne*.

— C'est défendu, ajouta-t-il, n'en parlez pas,
car les gardes nous feraient quelque mauvaise
affaire.

En même temps, il lui montrait un filet plein
d'oisillons qui étaient venus se heurter, éblouis,
contre les verres du falot et auxquels le Manchin
avait lestement tordu le cou.

— Mais vous, mademoiselle, demanda-t-il,
vous vous êtes donc égarée?.. Voulez-vous que
je vous reconduise à Auberive?

— Non! non! s'écria-t-elle avec vivacité.

Le charbonnier la regardait d'un air étonné.

— Je me suis sauvée de chez mes tantes,
reprit-elle un peu confuse; je voulais aller à la

recherche de quelqu'un qui demeure dans la forêt... Connaissez-vous Denis Finoël?

— Le vieux Finoël du Val-d'Amorey? Certainement, repartit Justin; est-ce chez lui que vous alliez?

Aimée fit un signe affirmatif et s'informa de la distance.

— Vous ne pouvez pas vous mettre en route maintenant... Il faut d'abord vous sécher et vous reposer... Essayez de marcher jusqu'à la *vente*, et demain matin je vous conduirai chez Finoël.

Il l'aida à se lever, le Manchin ramassa les oiseaux, éteignit sa lanterne, et ils rentrèrent sous bois.

Un quart d'heure après, ils atteignirent une futaie en pente douce, où des lueurs rouges et une âcre odeur de fumée indiquaient le campement des charbonniers. Aimée était brisée de fatigue. Le Grand-Justin étendit à terre des sacs vides près d'un fourneau à demi-consumé. Il fit asseoir la jeune fille sur ce lit improvisé, les pieds tournés vers le brasier, la tête appuyée à une botte de fougères sèches, et la couvrant de sa limousine :

— Là, dit-il, vous serez au chaud; essayez de

dormir un brin, je resterai près de vous, tout
en soignant mes fourneaux, car c'est mon tour
de veiller, et nos gens sont déjà couchés dans la
hutte.

Elle ne se fit pas prier. Pendant un moment
ses yeux regardèrent vaguement les étoiles qui
brillaient entre les branches, puis ses paupières
s'alourdirent, et elle s'endormit.

Son sommeil fut traversé de rêves étranges.
Autour de grands feux flamboyants, elle voyait
rassemblés tous ses ancêtres, les Finoël. Ils se
succédaient lentement auprès des fourneaux; la
lueur rougeâtre éclairait leurs faces énergiques
aux yeux renfoncés sous de noirs sourcils, et
leurs têtes crépues. Elle-même était devenue
une charbonnière. Assise près du feu, elle berçait dans son giron un petit enfant. Les ancêtres
défilaient gravement devant elle, et se penchaient
pour sourire au petit qui jouait avec des fleurs de
coucou. Elle, pendant ce temps, continuait à
endormir le marmot en lui chantant d'une voix
lente un air rustique.

Le grand jour l'éveilla. Elle n'avait pas complétement rêvé; les fourneaux à forme conique
étaient bien réellement là, espacés sous les
hêtres. Quelques-uns jetaient de rouges lueurs et

fumaient en grondant sourdement. Devant la
hutte au toit de mottes de gazon, auprès d'un
feu de souches au-dessus duquel pendait une
marmite exhalant une savoureuse odeur de
pommes de terre, une femme encore jeune, aux
cheveux épars sur son casaquin, tenait dans son
giron un marmot demi-nu et le faisait sauter en
chantant à pleine voix une chanson populaire.

Aimée, les yeux entr'ouverts, voyait toutes
ces choses. Encore à moitié engourdie par le
sommeil, elle ne se rendait plus compte du
temps ni des événements passés. Le milieu où
elle se trouvait remuait en elle de secrètes sym-
pathies, de vagues impressions déjà reçues,
comme celles que pourrait donner le souvenir
confus d'une vie antérieure.

— Hé! mademoiselle, avez-vous bien dormi?

Elle releva la tête et vit au-dessus d'elle le
joyeux sourire et les yeux bleus de Justin.

— Vous devez avoir grand'faim, ajouta-t-il; il
faut manger, car nous aurons tout à l'heure un
bon bout de chemin à faire.

Il alla prendre dans la marmite des pommes
de terre rissolées et fendillées, qu'il lui apporta
et qu'elle dévora de bon appétit. Un verre d'eau
de source compléta ce déjeuner. Attroupés autour

du feu, les charbonniers la regardaient curieusement et souriaient.

Quand elle eut fini ce frugal repas et remercié
ses hôtes, elle se mit en route avec Justin, et ils
descendirent lentement à travers les tertres her-
beux qui mamelonnent le bois des Fosses.

Elle se trouvait heureuse de marcher sous les
arbres par cette claire matinée pleine de chants
d'oiseaux. Elle humait avidement l'air forestier,
regardant d'un œil charmé cette nature fleurie
qu'elle n'avait pas revue depuis son départ de
Marly, et elle ne songeait plus à ses tantes.

Le Grand-Justin, qui ouvrait la marche en se
servant de son râteau à charbon comme d'une
canne, se retournait de temps à autre pour mur-
murer un mot d'encouragement à travers un
sourire. Quand ils eurent traversé la combe du
Val-Clavin, ils prirent une longue tranchée bordée de hêtres aux troncs blancs et élancés comme
des fûts de colonnes, puis ils arrivèrent à une
gorge boisée, au fond de laquelle des toits fumaient dans le soleil.

Un petit sentier s'enfonçait entre deux haies
d'aubépine et s'arrêtait à un coin de pré, à l'angle
duquel une maisonnette dressait sa toiture de
lave, enguirlandée de lierre et de chèvrefeuille

sauvage. Le Grand-Justin s'arrêta, et, montrant la façade grise, percée de deux étroites fenêtres :

— Voici, dit-il, la maison du vieux Finoël.

VII

La porte du logis était ouverte. Finoël avait allumé du feu, et, assis sur un escabeau devant l'âtre, il préparait sa soupe du matin, ayant à ses côtés un vieux chien de berger, au poil noir bourru.

Denis Finoël était un grand vieillard encore vert et droit malgré ses soixante-seize ans. Ses épaules maigres étaient à peine voûtées, et la façon, dont il brisait contre son genou les billes de fagot pour alimenter le feu, montrait combien il restait de force dans ses membres osseux. Il portait toute sa barbe grise, et des masses crépues de cheveux blancs s'échappaient de dessous son bonnet de coton bleu.

La claire flamme de l'âtre jetait des lueurs roses sur le mobilier antique et propret de son

14

ménage de célibataire. Dans un angle, la maie perchée sur ses quatre pieds de hêtre faisait pendant à un petit bahut de merisier, et entre les deux s'élevait le lit à baldaquin de cotonnade rouge et jaune. Près de la cheminée, le four laissait voir son ouverture fermée d'une plaque de tôle, et non loin de là une horloge dans sa boîte oblongue faisait entendre son tic-tac monotone. Derrière la porte d'entrée, des serpes, une cognée et des genouillères de cuir étaient accrochées à des clous. Une lampe à bec, un gros *Double-Liégeois* à couverture bleue ornaient le manteau de la cheminée.

Du côté opposé à l'entrée, une porte à claire-voie s'ouvrait sur un jardinet dont on entrevoyait les verdures échevelées et d'où venaient par moment des gloussements de poules accompagnés d'un bourdonnement de mouches à miel. Un large rayon de soleil passait en même temps par cette ouverture et découpait sur le pavé de brique la silhouette des feuillages déchiquetés d'une treille.

Au moment où le Grand-Justin poussa la porte, le chien se mit à aboyer, et Denis Finoël, se retournant, montra sa longue figure éclairée par deux yeux enfoncés sous d'épais sourcils encore noirs. Il distinguait mal la jeune fille, que masquait entièrement son compagnon, mais il reconnut le charbonnier.

— Ah! c'est toi, mon garçon, dit-il en se remettant à casser son fagot, te voilà de bon matin par chez nous. Est-ce que tu as affaire à la ferme?

— Non, père Finoël; j'ai accompagné une demoiselle d'Auberive qui désire vous parler.

En même temps il s'effaça et laissa voir Aimée, qui se tenait près de la porte, un peu confuse, et très-émue à l'aspect de ce Finoël qu'elle avait tant désiré connaître.

— Une demoiselle d'Auberive! s'écria le vieillard en se levant, je ne connais pourtant quasi plus personne là-bas... Paix, Noirau! — Entrez, ma *gachette*, qu'y a-t-il pour votre service?

Il avait soulevé légèrement son bonnet de coton à l'aspect de la jeune fille, et il l'examinait curieusement, en attendant qu'elle expliquât sa visite. Tout à coup les muscles de son visage tressaillirent, et ses yeux s'écarquillèrent.

— Ah! ça, murmura-t-il, est-ce que j'ai la berlue ou est-ce que je rêve tout éveillé?.. Venez donc un peu au jour! ajouta-t-il en prenant la main d'Aimée, et en l'attirant vivement vers la porte du jardin.

Elle restait silencieuse et le regardait avec des yeux attendris, tandis que lui, la tenant toujours par la main, étudiait lentement son visage : la ligne des sourcils noirs, les yeux demi-voilés, les lèvres rouges, le petit signe au coin de la joue. Aimée de son côté voyait dans cette face vieillie, penchée sur elle, comme un vague reflet des traits de sa mère et de sa propre physionomie. Denis Finoël avait, lui aussi, au milieu de la joue, le même signe brun ; seulement cette marque disparaissait sous une touffe de poils gris. Pendant que le vieillard la dévisageait minutieusement, elle sentait son cœur battre et ses yeux se mouiller.

A la fin, il s'écria :

— Dieu me pardonne ! c'est comme si je voyais ma sœur Sylvine !.. Ou ma tête déménage ou vous êtes une Finoël !..

— Je suis la petite-fille de Sylvine Finoël, balbutia Aimée ; ma mère s'appelait Coralie Chenut.

En même temps, l'émotion qui l'étouffait éclata et elle se mit à fondre en larmes.

— Ah ! dit le vieillard en lui prenant les deux mains, je savais bien que mes yeux ne pouvaient pas me tromper!... Allons, ma *gachette*, viens que je t'embrasse!

Il la serra dans ses grands bras maigres et lui baisa les joues. Il paraissait fortement remué à l'aspect de cette jeune fille qui était de son sang et qui lui rappelait si exactement sa sœur Sylvine. Noirau, le chien au poil bourru, semblait partager l'émotion de son maître. Il ne grognait plus ; assis sur son train de derrière, il remuait sa queue ébouriffée et dardait ses petits yeux noirs luisants vers la nouvelle venue.

Le Grand-Justin, debout contre la porte d'entrée, contemplait cette scène d'un air à la fois enchanté et embarrassé.

Denis Finoël, relevant la tête, se retourna vers le charbonnier :

— Merci de me l'avoir amenée, mon garçon, lui cria-t-il ; maintenant tu peux regagner ta *vente;* nous avons à causer, ma petite-nièce et moi ; donne le bonjour de ma part aux gens du bois des Fosses.

Aimée vint à son tour le remercier et lui serrer la main.

— Voilà, dit-elle, la seconde fois que vous me rendez service, monsieur Justin, et je vous en suis reconnaissante du fond du cœur.

14.

Il ne savait que répondre, tellement il était intimidé par cette jolie fille encore tout en larmes. Il balbutia quelques mots, s'embrouilla dans sa phrase, souleva son feutre roussi et s'en alla lentement.

Quand il eut disparu, Denis Finoël ferma la porte, puis, faisant asseoir Aimée sur l'escabeau, près du feu :

— Ça, causons, ma mignonne, reprit-il gaiement ; ainsi, tu es la fille de Coralie Chenut ; c'était la meilleure des trois. Où est-elle à cette heure?

— Elle est morte, répondit brièvement Aimée, et mon père aussi.

— Ah! ma pauvre fille; te voilà orpheline!.. Et sans doute les dames de la poste t'ont prise avec elles?

La jeune fille fit un signe affirmatif. Le vieux Finoël hochait la tête d'un air de compassion.

— C'est dur, répéta-t-il, c'est dur de manger le pain de ces filles-là... Vous ne devez guère vous entendre. Ce sont des Chenut de la tête aux pieds, et, Dieu merci! tu n'as rien d'elles!.. Oui, reprit-il avec animation, tu es une vraie Finoël, toi... Tu as les yeux et la bouche de la famille, et aussi le signe noir sur la joue... Oh !

je t'aurais reconnue entre cent!.. Seulement,
dit-il en lui enlevant sa toque, tu n'as pas nos
cheveux épais et frisés, ou plutôt tu ne les as
plus... Pourquoi les as-tu coupés, ma fille ?

— Ce n'est pas moi, s'écria-t-elle, ce sont mes
tantes qui me les ont coupés pendant que je
dormais.

— Ah! les gueuses! grommela Finoël, je les
reconnais bien là ! On ne saura jamais les mi-
sères que leur famille a faites à ma pauvre sœur
Sylvine... Elle est morte à la peine. Tous ces
Chenut ont le cœur dur et sec comme de vieilles
roches. Les deux femelles de là-bas ne peuvent
pas me sentir, et je m'étonne qu'elles t'aient
permis de me venir voir.

— Elles ne m'ont rien permis, répondit Aimée;
c'est moi qui me suis sauvée de chez elles.

Elle raconta rapidement à son grand-oncle la
scène de la nuit précédente.

— Maintenant, ajouta-t-elle en regardant le
vieillard, je n'ai plus que vous, et je viens vous
demander si vous voulez me prendre avec vous.

Denis Finoël releva vivement la tête et resta
un moment bouche béante, puis il se gratta le
front d'un air embarrassé. Il ne s'attendait guère

à une pareille aventure, et la demande de la jeune fille le laissait tout interloqué.

— Diantre, murmura-t-il, ce serait de bon cœur, assurément, mais... Mais comment veux-tu qu'un vieux paysan comme moi loge une demoiselle comme toi?

— Je ne suis pas une demoiselle, s'écria Aimée, je suis une pauvre fille abandonnée ; la plus misérable des paysannes est encore au-dessus de moi, et j'échangerais volontiers ma position contre la sienne.

— Mais, objecta le bonhomme effarouché, je suis un pauvre diable de bûcheron ; à mon âge, je suis encore obligé de travailler au bois pour gagner mon pain.

— Je travaillerai aussi, répliqua-t-elle d'une voix suppliante.

— Avec les petites mains blanches que voilà ? fit-il d'un air incrédule en lui prenant les mains; tu ne sais pas ce que c'est, ma fille, que de peiner par tous les temps, à la pluie et au soleil, au hâle et à la gelée... C'est un dur métier que celui de paysan.

— Pas si dur que le métier que je faisais chez mes tantes, où j'étais enfermée du matin au soir. C'était plus pénible que de travailler des bras au

grand air... Vous verrez comme je m'accoutu-
merai à la vie des bois... Je suis une Finoël, mon
oncle, et j'aimerais mieux mourir de faim que
de retourner à la poste !

— Oui, dit Finoël, tu as du cœur et tu es bien
de notre sang... Eh bien ! soit, au petit bonheur !
s'écria-t-il en redressant sa haute taille, on tâ-
chera de te rendre ta nouvelle position aussi
douce qu'on pourra. Nous allons déjeuner ensemble et j'irai à Auberive signifier à tes tantes
que je te prends avec moi.

En effet, une heure après, Denis Finoël, laissant sa petite-nièce à la garde de Noirau, che-
minait lestement sur la route d'Auberive.

Quand il arriva devant le bureau de poste,
midi sonnait. Il trouva les demoiselles Chenut
encore tout ébaubies de la disparition de leur
nièce ; elles étaient en conférence avec le juge de
paix et le curé. Mlle Victoire, qui ne connaissait
pas Finoël, ne prêta pas grande attention à l'entrée de ce vieux paysan maigre et barbu : mais
Mlle Mélanie tressaillit en l'apercevant, et ses
joues bises rougirent faiblement.

— Bonjour, mesdames et la compagnie, dit
Finoël en découvrant sa blanche tête crépue ; je
suppose que vous êtes en peine de la demoiselle

qui était ici et qui vous a quittées cette nuit...
Vous pouvez vous rassurer; je viens vous donner
avis qu'elle est chez moi et qu'elle y restera.

— Et de quel droit vous mêlez-vous de cette
affaire? repartit impétueusement le juge de paix.
Savez-vous à quoi vous vous exposez, brave
homme, en détournant une fille mineure et en
la soustrayant à la tutelle de ses tantes?

— Si elles sont ses tantes, je suis son grand-
oncle, dit le vieillard en se redressant; je m'ap-
pelle Denis Finoël. Ma petite-nièce n'était pas
heureuse ici, et elle s'est réfugiée chez moi... Je
ne suis qu'un ignorant, monsieur le juge de paix,
mais j'ai idée que la loi me donne tout autant de
droits sur elle qu'à ses tantes, qui l'ont mal-
traitée.

— De quels mauvais traitements parlez-vous?
demanda le juge en regardant d'un air soupçon-
neux les deux vieilles filles, dont il commençait à
trouver le mutisme équivoque.

— Ces demoiselles, reprit Denis Finoël, ont
profité du sommeil de la petite pour lui tondre
les cheveux comme à une criminelle... Je dis que
c'est une indignité et une méchanceté !

— C'est Victoire, murmura lâchement Mélanie.

— Eh bien, oui, c'est moi! s'exclama la grosse fille en jetant un regard furibond à l'infidèle juge; cette enfant était d'une perversité précoce, je l'ai corrigée, où est le mal?.. Maintenant, si cet homme veut nous débarrasser d'une fille indisciplinée, qu'il la garde... Pour mon compte, je n'y mets pas opposition.

— Et vous, mademoiselle Mélanie? interrogea à son tour le curé, qui avait gardé jusque-là un silence prudent.

— Oh! reprit Finoël avec un sourire ironique, mademoiselle sera évidemment du même avis que sa sœur?

— Vous pourriez vous tromper! riposta aigrement Mélanie, qui essayait de sauver les apparences et de maintenir son autorité aux yeux du public; cette enfant m'a été confiée, j'en dois compte à Dieu, et je serais curieuse de savoir pourquoi je l'abandonnerais entre les mains d'un vagabond sans feu ni lieu?

— Tenez-vous franchement à savoir pourquoi? répondit Finoël en regardant la dévote d'une façon qui lui fit baisser les yeux; voulez-vous que j'explique tout haut devant ces messieurs pour quelle raison vous allez me donner votre consentement sans barguigner?

Mlle Mélanie ne se sentait probablement pas la conscience à l'aise vis-à-vis de Denis Finoël, car elle changea prudemment de ton et s'écria avec une singulière précipitation :

— Assez, nous n'avons pas besoin de vos explications... Vous voulez cette fille, vous l'avez, gardez-la si vous pouvez, je m'en lave les mains.

— Les choses étant arrangées à la satisfaction de tous, dit ironiquement Finoël en soulevant son feutre, je n'ai plus qu'à m'en aller... Vous remettrez les hardes de la petite, vendredi, au facteur d'Amorey, et ce sera tout... Bonsoir donc, mesdames et la compagnie.

Quand il rentra, le soir, dans la maisonnette d'Amorey, Denis Finoël embrassa vivement sa petite-nièce.

— C'est fini, ma *gachette*, s'écria-t-il, te voilà une paysanne. Dieu veuille que tu ne t'en repentes pas, comme ta grand'mère Sylvine s'est repentie d'être devenue une bourgeoise.

VIII

Au bord de la chaussée de l'ancien étang
d'Amorey, Aimée était assise, jambes pendantes,
et s'occupait d'un travail de couture. Derrière
elle, la forêt montait, haute et touffue, répandant
une ombre bleuâtre sur la pelouse dont l'herbe
rase était tondue de près par *Brin-de-Lait*, la
petite vache rousse de Denis Finoël. L'autre versant du vallon était baigné de soleil; sur les
feuilles lisses et immobiles des hêtres, une lumière argentée ruisselait. Tout au fond de la
gorge verdoyante, on apercevait la ferme, silencieuse et assoupie dans la moite lourdeur de
cette journée d'août.

Bien qu'il fût près de six heures et que la
grosse chaleur fût déjà passée, tout se taisait
dans le vallon. *Brin-de-Lait*, attachée à un

piquet, broutait lentement l'herbe drue, et sa
queue allait et venait le long de ses flancs pour
chasser les mouches. Aimée, tout en tirant l'aiguille, regardait de temps à autre la prairie, les
bois, le ciel marbré de blancs nuages pommelés,
et sa figure exprimait une joie tranquille.

Depuis trois mois qu'elle habitait avec son
grand-oncle, elle s'appliquait à se transformer en
vraie paysanne, et la transformation s'était déjà
accomplie, du moins quant à l'extérieur. Dans
une de ses vieilles robes elle s'était taillé un
costume semblable à celui des femmes de la
ferme. Des brodequins de gros cuir chaussaient
ses petits pieds; un fichu d'indienne, croisé sur
sa poitrine, s'enfonçait sous la bavette d'un tablier de toile bise. Ses bras et son visage s'étaient
hâlés; ses cheveux, qui repoussaient, recommen-
çaient à friser et à flotter en boucles désordonnées
sur sa nuque, où pendait un chapeau rond de
paille cousue, qu'elle avait rejeté en arrière pour
être plus à l'aise.

Dès les premiers jours, elle s'était mise bravement aux besognes rustiques, se levant dès
l'aube, faisant le ménage, soignant le poulailler,
sarclant les herbes du petit jardin, menant la
vache en pâture, tandis que Finoël travaillait

dans la coupe avec les bûcherons. Le soir, quand il rentrait, tout recru et le pas plus pesant, il trouvait son logis en ordre et son souper sur la table, avec son broc de piquette de *biossons*. Jamais, depuis longtemps, Noirau et lui n'avaient été choyés de la sorte. Aussi, bien que Denis eût, à l'égal de sa petite-nièce, le sang vif et l'humeur rageuse, aucun nuage n'avait encore troublé la paix de leur vie commune.

Il faut dire, du reste, que Finoël laissait à Aimée la bride sur le cou ; le vieux célibataire ne savait ce que c'était que sermonner et moraliser. Indépendant de sa nature, il respectait l'indépendance des autres, et, pourvu que tout fût en ordre au logis ; il permettait à la jeune fille de se gouverner à sa guise. Il se levait au jour, partait pour les bois, où sa petite-nièce lui portait son repas de midi, et ne rentrait qu'à la brune pour souper et se coucher.

Dans ce creux de vallée, enfoncé dans la verdure, séparé du plus proche village par des lieues de forêt, où le piéton apportait à peine une lettre en un mois, et où les rumeurs des villes arrivaient rarement, Aimée croissait et se développait à la bonne aventure, comme les arbres. Dans la paix enveloppante des bois, le vernis de sa pre-

mière éducation s'écaillait peu à peu : son vieux
sang paysan, n'étant plus gêné par les complica-
tions artificielles de la culture mondaine, circulait
librement ; peu à peu elle revenait à la vie élémentaire et simple de ses ancêtres les charbonniers.

Son séjour dans la maison confortable de
Marly lui semblait déjà un rêve. Elle voyait,
comme dans un lointain vaporeux, sa chambre
capitonnée de l'avenue du Cœur-Volant et le
grand piano à queue où elle déchiffrait des so-
nates. Elle songeait sans tristesse au temps où
elle allait en pension, où elle ne s'habillait
qu'avec l'aide d'une femme de chambre, et où
elle dessinait dans le salon de travail garni de
hautes bibliothèques de bois noir. La lecture de
ses livres favoris ne lui faisait même plus défaut.
Son esprit trouvait assez d'occupations à regarder
le monde nouveau de la forêt, à observer les
formes des arbres et les mœurs des oiseaux qui
vivaient autour d'elle. La nature dans son plein
épanouissement l'absorbait et la grisait. Un courant sympathique s'établissait entre son âme et
l'esprit mystérieux des plantes et des êtres sauvages.

Pendant qu'elle cousait sur son talus, *Brin-de-*

Lait, ayant tondu tout le cercle de pelouse compris entre le piquet et l'extrémité de la corde, avait fini par s'impatienter; elle tirait sur sa longe, tant et si bien qu'elle la dénoua. Alors, elle s'élança dans le pré, fière de sa liberté reconquise, et l'attention de la jeune fille fut brusquement attirée par le joyeux meuglement et les caracolades de la bête. Aimée sauta au bas de la chaussée et tâcha de ressaisir la corde, mais la vache malicieuse faisait de brusques écarts et se moquait de sa surveillante inexpérimentée. Bientôt, bondissant à travers fossés et talus, elle gagna la lisière de la forêt et se mit à pâturer dans les cépées de jeunes hêtres.

Aimée savait que les gardes ne plaisantaient pas; elle voyait déjà le brigadier survenant et verbalisant, et elle songeait à la colère de l'oncle Finoël apprenant qu'il avait un procès sur les bras. Elle s'élança vers la lisière; mais la vache, à son approche, s'enfonça plus avant dans le taillis et lança un nouveau meuglement, comme si elle eût pris plaisir à attirer la surveillance des forestiers.

La jeune fille, haletante et cramoisie, commençait à se désespérer, quand elle entendit derrière elle un gros rire éclatant, et vit déboucher d'un sentier une vigoureuse fille, qui était servante à la ferme et qu'on nommait la Garaudelle.

— Vous ne savez point encore votre métier, la belle! dit la paysanne en riant de nouveau.

Elle se jeta en avant de la vache, lui lança son tablier sur la tête, et, empoignant la corde, ramena la fugitive à son piquet, auquel elle fixa solidement le licou.

— Voilà comme on fait un nœud! s'écria-t-elle en tournant vers Aimée sa large face couperosée.

— Merci, Garaudelle, il faudra que vous me montriez comment on s'y prend.

— Ça n'est pas malin, ma mie; seulement il ne faut pas être douillette, et vous avez encore la peau des mains trop tendre pour y arriver...

En même temps, la servante montra ses grosses mains rouges et terreuses.

— Quand vous aurez des pattes comme celles-là, ma *gachette*, vous serez une vraie paysanne... Pas avant!

Elle haussa les épaules, y rechargea un lourd paquet de fougères, et s'éloigna lestement.

Aimée se rassit dépitée et confuse, et regarda ses petites mains que le hâle avait brunies, mais qui n'étaient ni déformées ni gercées. Elle les soignait avec un reste de coquetterie, et elle était demeurée mondaine par ce côté-là. Elle sentait que la servante, au fond, l'avait bien jugée. Si elle était paysanne de cœur et de sang, il y avait pourtant certaines exigences de la vie campagnarde auxquelles elle ne pouvait se plier. Autant la besogne solitaire des champs, le commerce intime et familier avec les bêtes et les plantes la charmaient, autant elle avait de répugnance à vivre de pair à compagnon avec les gens de la ferme.

Sous ce rapport, elle avait gardé toutes les susceptibilités et toutes les délicatesses du milieu où elle avait été élevée. Les rudes propos des servantes, les grosses plaisanteries des garçons de ferme et du fermier; les jurons, les gaietés tapageuses des coupeurs au bois lui inspiraient un dégoût invincible. Elle n'était ni prude ni mijaurée, mais elle ne pouvait s'habituer à cette brutale expansion de l'humeur paysanne. Elle avait beau se faire violence pour se familiariser avec les façons des gens qui l'entouraient, elle ne pouvait pas plus prendre leur langage et s'amuser de leurs plaisirs, qu'il ne lui était possible de donner à ses mains la grossière patine et la rudesse des doigts rugueux de la Garaudelle.

Ayant laissé tomber sa couture et s'accoudant sur ses genoux, elle songeait à ce revers de médaille de sa nouvelle condition, tandis que le jour brunissait peu à peu. Un bruit de *sonnailles* lui fit relever les yeux, et elle vit déboucher du versant opposé deux chevaux chargés de sacs de charbon et d'attirails de campement. Ils étaient conduits par le Grand-Justin, qui s'avança gaiement vers la jeune fille.

— Bonjour, mams'elle Aimée, lui cria-t-il de loin familièrement, nous avons fini notre charbonnage du bois des Fosses et nous nous installons aux Moulineaux; comme ça, nous allons devenir vos voisins.

— Tant mieux, Justin, répondit-elle en l'accueillant avec un sourire, cela fera plaisir à l'oncle Finoël...

— Et à vous? demanda timidement le jeune garçon, cela fera-t-il aussi un peu plaisir de revoir vos amis les charbonniers?

— A moi aussi, certainement, Justin... Je me réjouis d'aller vous voir dans votre nouvelle vente.

La conversation tomba un moment, puis le Grand-Justin reprit :

— Vous habituez-vous au monde d'ici, mam'-

selle Aimée?.. Je ne sais pas si je fais erreur, mais quand je suis arrivé, vous aviez l'air d'être en souci.

Elle secoua la tête.

— Vous vous trompez, je ne m'ennuie jamais... Je passerais des heures ici rien qu'à regarder les arbres et toutes ces fleurs dont les prés sont pleins... Voyez, est-ce joli ? on se croirait dans un jardin.

Elle lui montrait de la main les plantes fleuries qui poussaient à foison dans le sol tourbeux et humide de la vallée : les gentianes, les grands aconits bleus, les reines des prés odorantes, les parnassies dont les fleurettes d'un blanc mat étoilaient les pelouses limoneuses.

— Elles ont toutes un visage si différent ! reprit-elle, je voudrais savoir leurs noms et à quoi elles sont bonnes.

Elle s'était accoudée, et, la tête renversée, elle promenait ses doigts sur une plante aux teintes sombres dont les touffes vigoureuses couvraient toute une partie du talus.

— Tenez, continua-t-elle, celle-ci, par exemple, qui vient ici en quantité, est-elle assez curieuse avec ses fleurs brunes et ses fruits noirs qui ressemblent à des cerises ?

15.

— Oh! dit Justin, méfiez-vous! L'an passé,
l'enfant d'un de nos charbonniers a mangé de
ces cerises-là, et il est mort... Il n'y a pas de plus
mauvaise herbe que la belladone, ça vous tue un
chrétien comme une mouche.

— Elle a bien la mine d'une empoisonneuse,
fit Aimée en jouant avec les baies noires. Puis
elle sourit et ajouta : — On trouve dans vos bois
même ce qu'il faut pour mourir quand on en a
envie.

— Fi! ne parlons pas de ça, répliqua Justin
en brisant à coups de fouet les tiges des belladones, ce ne sont pas des idées de votre âge, et
vous êtes trop gentille pour ne pas aimer la vie.

— Aussi, je l'aime! s'écria-t-elle en riant, et
je ne songe pas à la quitter!.. Rassurez-vous,
mon brave Justin, jamais je n'ai été aussi heureuse, jamais je n'ai eu le cœur aussi tranquille.

Justin poussa un gros soupir.

— Tant mieux! répondit-il, je connais des
gens qui n'en pourraient pas dire autant...

Il tortilla machinalement la mèche de son
fouet autour du manche, hésita comme s'il avait
quelque chose d'embarrassant à dire; puis, brusquement :

— Bonsoir donc, mam'selle Aimée, reprit-il;

je retourne à mes chevaux, qui s'impatientent...
A vous revoir !

Il fit claquer son fouet, rejoignit ses bêtes et
s'engagea sous bois, tandis qu'Aimée, détachant
Brin-de-Lait, reprenait le chemin de la ferme.

Depuis que la jeune fille demeurait chez son
grand-oncle, Justin était venu plus d'une fois à
Amorey. Quand les charbonniers furent installés aux Moulineaux, ses visites devinrent encore plus fréquentes. On le voyait de temps en
temps arriver à la tombée du jour, sous le prétexte
d'apporter à Aimée des sachées de noisettes, des
panerées d'alises et de cornouilles. Il en profitait
pour faire de longues causettes au coin du feu,
tandis que le bûcheron, qui aimait peu à veiller,
n'écoutait que d'une oreille et lorgnait son lit
d'un œil impatient.

Un soir d'octobre, Finoël dit à Aimée :

— Sais-tu, petite ? Tu prétends toujours que tu
veux être une vraie paysanne ; eh bien ! il y aurait pour ça un moyen sûr, ce serait d'épouser
un paysan.

Aimée releva vivement la tête et coula un
regard de côté vers son oncle pour s'assurer s'il
parlait sérieusement. Elle vit qu'il souriait dans

sa barbe et répondit alors sur le ton de la plaisanterie :

— Ça, grand-oncle, ce serait une idée, mais il
faudrait d'abord qu'un paysan voulût de moi
pour femme.

— C'est bon, j'en connais un, moi, et un qui
en meurt d'envie.

— Qui donc ?

— Le Grand-Justin, sans le nommer.

— Il vous en a parlé? demanda-t-elle d'une
voix brève, presque irritée.

— Nenni, seulement comme il ne fait que
virer autour de chez nous, cela saute aux yeux.
Dame, ce n'est pas un état brillant que celui de
charbonnier, mais c'est un bon état et on peut y
amasser un magot quand on a de la conduite...

La jeune fille le laissait causer et restait immobile, le front appuyé contre le manteau de la
cheminée. Ses sourcils se rejoignaient et ses
lèvres closes étaient contractées par une expression de répugnance et d'inquiétude. En dépit de
son désir de devenir une franche paysanne, ses
délicatesses de civilisée se révoltaient, et cette
perspective d'être la femme d'un charbonnier
lui faisait courir un frisson dans tout le corps.
Finoël, assis à l'autre coin du foyer, remarqua

l'altération de ses traits, et s'interrompant brusquement :

— Je suis une vieille bique! s'écria-t-il, je vais, je vais, et j'oublie que tu n'as pas été élevée dans les mêmes idées que nous... Rassure-toi, petite, je ne veux pas te forcer la main! Cette pensée de mariage m'était poussée parce que je me sens vieillir et que je souhaiterais ne pas te laisser seule derrière moi... Et puis, il y a autre chose, reprit-il après avoir hésité un moment : voici que nous sommes en octobre, et ça me met en souci de m'absenter du logis toute la journée à une saison où les chasseurs vont venir loger à la ferme.

— Quels chasseurs? demanda Aimée.

— Des messieurs de Langres et de Dijon qui ont amodié les chasses de Montgérand et qui viennent chaque hiver s'établir chez le fermier... Il y a M. La Morandière et les fils Dardenne, de Grancey. Or, qui dit chasseur dit coureur, et ça me tarabuste de songer que tu resteras chez nous sans personne pour te protéger.

Aimée se mit à rire et protesta qu'elle saurait bien se protéger elle-même. Denis Finoël n'était pas homme à insister longtemps ; voyant le peu de succès de ses ouvertures, il ne souffla

plus mot du Grand-Justin, et les choses en restèrent là.

Un beau matin on fut réveillé par les fanfares
des cors et les aboiements des chiens. Les chasseurs étaient arrivés de la veille et ils partaient
pour le bois. Toute la matinée, les cris des tra-
queurs, occupés à faire l'*enceinte*, les trompes de
chasse, les voix sonores des chiens, annoncèrent
que c'en était fait de la quiétude endormie de la
vallée d'Amorey. Les nouveaux hôtes de la ferme
ne rentraient qu'à la brune ; alors les fenêtres
des chambres hautes s'allumaient, et bien tard
dans la nuit on entendait encore les rires tapa-
geurs des jeunes gens en train de souper.

Aimée, assise l'après-midi sur les talus de l'ancien étang, suivait curieusement les rumeurs
tantôt lointaines et tantôt rapprochées de la
chasse. Les coups de fusil la faisaient tressaillir ;
mais la fanfare des cors, s'exhalant au plus
profond des bois à demi effeuillés, la plongeait
dans une délicieuse mélancolie. Parfois le chevreuil, serré de près par les chiens, bondissait à
travers le taillis, et, débouchant tout à coup à la
lisière, traversait en hâte la prairie, poursuivi
par les hurlements de la meute, puis se renfon-
çait dans la futaie, et les rumeurs s'assou-

pissaient, les aboiements devenaient plus sourds,
jusqu'à ce qu'une fanfare ou une détonation
éclatât bien loin, à l'autre bout du vallon, et se
répercutât bruyamment dans les roches des Moulineaux.

Parfois aussi, le matin, la jeune fille voyait,
de la lucarne du grenier, les chasseurs défiler
devant la maisonnette de Finoël, le fusil sous le
bras, les jambes serrées dans des moletières de
cuir et la pipe entre les dents. C'étaient des
jeunes gens de vingt-cinq à trente ans, d'allures
assez bourgeoises, ni beaux ni laids, solidement
bâtis, ayant une gaieté bruyante et un peu vul-
gaire.

Un seul se distinguait de ce milieu passable-
ment terne : c'était celui que Finoël nommait
M. La Morandière. Grand, leste, robuste et de
tournure élégante, il avait le teint bistré, la barbe
courte taillée en pointe et très-soignée. De longs
cils donnaient à ses yeux une douceur presque
féminine qui s'harmonisait, du reste, avec l'expression affinée et un peu dédaigneuse de sa
figure. On y lisait l'intelligence très-éveillée d'un
homme qui a vécu dans un milieu artiste et s'est
occupé des choses de l'esprit ; on y devinait aussi
le scepticisme gouailleur de quelqu'un qui est

revenu de bien des illusions. Le sourire de ses
lèvres avait quelque chose de l'indifférence indo-
lente d'un fumeur d'opium; mais, en revanche,
ses grands yeux bruns brillaient de l'éclat parti-
culier aux regards des gens qui ont beaucoup
voyagé, et dont la prunelle garde un peu de la
splendeur des sites admirés.

Au dire des habitants de la ferme, Paul La
Morandière avait en effet longtemps couru le
monde et avait laissé par les chemins une notable
partie de son patrimoine. C'était un homme de
goût, aimant les arts et ayant fait lui-même un
peu de peinture. Il avait l'humeur vagabonde et
l'esprit changeant, avec ce fonds de prudence et
de prosaïsme qui n'abandonne jamais les vrais
Langrois au milieu de leurs plus fougueux em-
portements.

Un beau jour, La Morandière, voyant décroître
ses rentes, était revenu au gîte et avait mis pour
un temps une martingale à ses fantaisies.

Sa dernière folie avait été de se faire bâtir,
non loin des bois d'Auberive, une maison de
campagne à la naissance d'une vallée qui s'ouvrait dans un creux de rochers. Cette habitation,
copiée sur une maison de la Corne-d'Or, lui
rappelait son séjour en Orient. La coupole de

métal, les fenêtres tréflées, les moucharabys
sculptés à jour, les jardins en terrasse avec leurs
eaux jaillissantes et leurs massifs de fleurs exotiques étaient fameux à huit lieues à la ronde. Les
étrangers venaient voir, comme une curiosité,
cette excentrique demeure que les habitants
du pays avaient surnommée *la Folie-la-Morandière.*

Il y passait la belle saison, et le reste de son
temps était partagé entre de rapides fugues à
Paris et des parties de chasse aux environs. Ce
n'était pas qu'il fût un chasseur bien ardent. Il
suivait les chiens en flâneur, s'arrêtant de ci et
de là pour croquer un groupe d'arbres ou une
hutte de bûcherons.

Souvent Aimée le voyait passer devant la
porte avec son album à la main, tandis que ses
compagnons, plus enragés, couraient déjà les
bois depuis le fin matin. Il s'en allait lentement
le long des haies toutes rouges de senelles, où
des volées d'étourneaux piaillaient bruyamment.
La plupart du temps, il n'emportait même pas
son fusil, et se contentait de se faire accompagner de son chien. Il regardait le paysage d'un
air à demi indifférent, crayonnait un bout de
croqueton, puis allumait un cigare et s'étendait au

soleil dans un coin de lisière bien exposé au midi.

Sans trop s'expliquer pourquoi, Aimée était intimidée par la présence de ce grand garçon à l'air indolent et dédaigneux. Les autres chasseurs ne la troublaient guère, et elle se souciait peu de les rencontrer; mais quand La Morandière flânait dans le vallon, elle n'osait pas sortir et restait blottie derrière la fenêtre jusqu'à ce qu'elle l'eût vu rentrer à la ferme. Elle le craignait, et avec cela, par une bizarre contradiction, les jours où elle ne le voyait pas passer lui semblaient vides. C'était la première fois qu'un homme faisait sur son esprit une aussi inexplicable impression. Pour la première fois aussi, depuis son arrivée à Amorey, elle se sentait devenir mélancolique. Il lui montait à la tête de vagues regrets de sa vie heureuse et confortable de Marly. Elle était prise d'indéfinissables tristesses augmentées encore par l'influence des brumes pénétrantes de l'arrière-saison, et, se souvenant d'avoir été jadis gâtée, élégante et choyée, elle se sentait tout à coup mal à l'aise et comme honteuse de se voir si pauvre. Elle ne se rendait pas bien compte de ce qu'elle éprouvait, mais elle avait plus nettement conscience de son changement de position et de sa condition actuelle de déclassée.

Parfois le soir, au coin d'un maigre feu de souches, à la lueur fumeuse de la lampe à bec, tandis que Finoël s'endormait sur sa chaise, elle écoutait les rumeurs joyeuses qui partaient du bâtiment de la ferme, et que les rafales de décembre lui apportaient par intervalles. Le grillon chantait doucement derrière la *platine*. On entendait la respiration rauque de *Brin-de-Lait* à travers la cloison de l'étable. Et Aimée, devenue plus morose, se comparait à Peau-d'Ane exilée au milieu des valets de basse-cour, et gardant ses troupeaux sous les fenêtres du fils du Roi.

IX

Après huit jours de gelée, le vent avait soufflé
du sud dans la nuit, et le dégel était venu. L'hu-
midité suintait le long des branches nues et
noires ; le pied enfonçait dans le sol spongieux ;
l'air était mou ; de gros nuages lourds pendaient
sur les bois, laissant voir çà et là des trouées de
ciel bleu, et bien qu'on ne fût encore qu'à la fin
de janvier, il faisait presque chaud au soleil.

Paul La Morandière n'était pas allé à la chasse.
Les jambes guêtrées, les mains dans les poches,
un peu amolli par ces fausses apparences de
printemps, il flânait par les prés où des pâque-
rettes précoces montraient leurs boutons roses
dans le gazon. Arrivé près de la chaussée de l'é-
tang, il aperçut *Brin-de-Lait* qui pâturait au bord
du talus, sous la garde d'Aimée. Tête nue, les

cheveux moutonnant tout autour de la tête, le
dos appuyé contre les traverses de l'ancienne
écluse, la jeune fille était occupée à tresser des
brindilles d'osier.

— Sapristi, murmura La Morandière, moi qui
cherchais un motif de *plein air*, en voilà un tout
trouvé... Quelle tournure vous a cette fillette
avec son teint mat et ses cheveux noirs crêpelés !..
C'est la *Salomé* de Regnault en cotillon de paysanne, tout bêtement... Holà ! petite, cria-t-il en
tirant son album de sa poche, tiens-toi tranquille
près de ta vache... Je vais vous faire votre portrait à toutes deux... Attention, ne bougeons
plus !

Aimée n'avait garde de bouger. L'apparition
de La Morandière l'avait intimidée, et elle n'osait
plus faire un mouvement.

Il s'était assis à dix pas sur une pierre et il
commençait à esquisser la vache broutant l'herbe
et la jeune fille qui se présentait de profil, adossée aux poutrelles grises. Aimée sentait le regard
attentif de La Morandière se fixer tantôt sur sa
figure, tantôt sur sa poitrine serrée dans un casaquin de molleton, tantôt sur sa jupe noire dont
le vent tiède chiffonnait les plis. De temps à
autre elle s'enhardissait, et, coulant un regard

oblique vers le chasseur, elle examinait à la
dérobée les grands yeux profonds, la bouche
sardonique et la fine barbe en pointe de La
Morandière.

Peu à peu elle reprenait de l'aplomb, la réflexion lui revenait ; elle se sentait piquée et mor-
tifiée du sans-gêne avec lequel le jeune homme
l'avait interpellée et la faisait poser. Évidemment, il n'avait vu en elle qu'une paysanne
semblable aux servantes de la ferme. Elle lui
en voulait de n'être pas plus perspicace, et le
sang lui montait aux joues à la pensée que ce
garçon, qui appartenait à un monde où elle
avait elle-même été élevée, s'était si facilement
trompé sur son compte...

La Morandière venait de donner les derniers
coups de crayon.

— Là, dit-il en reculant un peu la tête pour
examiner son croquis, je crois que c'est assez
bien venu... Repose-toi, petite !

La sagesse insinuait à Aimée que le mieux
était de prendre la longe de *Brin-de-Lait* et de
s'éloigner sans desserrer les lèvres ; mais en
même temps un secret démon lui soufflait d'autres conseils plus attrayants et plus aventureux.
Une idée malicieuse avait traversé le cerveau de

la jeune fille. Elle quitta lestement sa place, et
passant derrière le chasseur :

— Peut-on voir ? demanda-t-elle audacieuse-
ment.

Il parut un peu surpris de la question et aussi
du joli timbre de voix de son modèle ; néanmoins, il acquiesça à la demande, et présentant
l'album, il ajouta d'un ton gouailleur qui acheva
de piquer Aimée :

— Voilà, est-ce assez ressemblant ?

Elle pencha sa tête presque contre l'épaule de
La Morandière, fit une légère moue et répondit
du bout des lèvres :

— C'est exact, mais votre vache n'est pas
d'aplomb.

— Hein ! s'exclama-t-il stupéfait, en la regardant des pieds à la tête.

— Et puis, continua la jeune fille avec un
demi-sourire qui retroussait les coins de ses
lèvres, elle n'a pas l'air de brouter ; on croirait
plutôt qu'elle appuie ses naseaux contre terre
pour se tenir en équilibre parce que ses jambes
ne sont pas assez solides pour la porter.

— C'est ma foi vrai, il y a de ça ! soupira La
Morandière en étudiant son croquis d'un air

déconfit. Ah! ça, vous avez donc appris le dessin, la belle enfant?

— Oui, un peu.

— Où, à Auberive?

— Non, à Paris, à Notre-Dame-des-Arts, où j'étais en pension.

— A Paris, en pension? répéta La Morandière émerveillé; mais alors, nous nageons en plein conte de fées!.. Vous êtes donc une fausse paysanne?

— Non pas, je suis une paysanne pour tout de bon, répliqua-t-elle en riant; j'habite maintenant chez mon grand-oncle, qui est simplement coupeur au bois, comme je suis simplement la gardienne de *Brin-de-Lait* que voici, et que je vais ramener chez nous, si vous le permettez.

Elle lui fit une révérence ironique et voulut s'éloigner, mais il la retint très-familièrement par la main.

— Non, s'écria-t-il, restez encore un peu; *Brin-de-Lait* est occupée sérieusement, et moi j'ai des excuses à vous faire; je n'aurais pas dû me tromper aussi lourdement, et il est évident que vous ne ressemblez en rien aux filles du pays... Vous devez vous ennuyer prodigieusement ici!

— Moi? Point du tout. Je m'occupe des bêtes

et du ménage de mon grand-oncle, et puis je m'intéresse aux arbres, aux oiseaux, à toutes les choses de la forêt.

— C'est égal, c'est bizarre ! murmura-t-il.

En même temps, il regardait la figure originale et charmante d'Aimée, ses yeux verts à l'expression passionnée, son teint mat, le sourire de ses lèvres rouges. Une curiosité fort naturelle, mélangée d'un sentiment d'une nature plus vive et moins innocente, venait de s'éveiller en lui.

Cet examen silencieux troublait la jeune fille ; elle rougit, s'élança vers la vache, et l'emmenant cette fois résolûment :

— Il est tard, dit-elle, il faut que je m'en aille.

— Et, demanda-t-il, vous venez tous les jours ici avec *Brin-de-Lait* ?

— Oui, tous les jours, quand il fait beau... Bonsoir, monsieur !

Elle s'éloigna d'un bon pas, entraînant la vache derrière elle. Quant à La Morandière, il resta près de la chaussée, regardant la jeune fille fuir le long des lisières brumeuses. Il trouvait l'aventure amusante et se promettait de nouer plus ample connaissance avec cette singulière paysanne. Le plus curieux, c'est que le soir,

16

à la ferme, il ne souffla pas mot de sa rencontre.
Il ne se souciait pas d'exposer Aimée aux commentaires équivoques de ses compagnons de
chasse ; et puis, en égoïste, il n'était pas fâché
de bénéficier seul de ce qu'il appelait plaisam-
ment sa bonne fortune.

Aimée rentra, assez confuse, mais non mécon-
tente de son aventure. Elle se reprochait, il est
vrai, d'avoir fort mal tenu la promesse qu'elle
avait faite à Finoël, de fuir toute occasion de
causer avec les chasseurs ; mais celui qu'elle
avait rencontré ressemblait si peu aux autres !..
Pendant toute la nuit, elle revit les traits fins et
spirituels de La Morandière, ses mouvements
pleins d'une grâce nonchalante ; elle se rappelait
le son de sa voix railleuse, et elle se répétait les
mots qu'il avait dits.

Pendant deux jours, néanmoins, elle se tint
renfermée au logis ; mais le troisième jour, le
soleil luisait, *Brin-de-Lait* s'ennuyait à l'étable ;
Aimée trouva cent bonnes raisons pour sortir,
et la première personne qu'elle rencontra dans
la prairie, ce fut La Morandière.

Elle l'y rencontra plus d'une fois. La pauvre
enfant cédait inconsciemment à ce besoin d'aimer et de s'attacher que les filles des Finoël se

transmettaient dans le sang comme un héritage.
De même que son aïeule Sylvine, de même que
sa mère la comédienne, elle ne savait ni raisonner,
ni calculer ; elle aimait ou haïssait de prime-saut.
La colère, l'antipathie, la tendresse, lui venaient
par impulsions violentes et irrésistibles.

La Morandière la séduisait par son grand air,
son regard caressant, et surtout par son esprit
vif, aimable, délié, où perçait une fine pointe
d'excentricité. Il ne lui faisait pas la cour à pro-
prement parler. Il était même moins galant avec
elle et moins empressé que ne l'est d'ordinaire
un homme de trente ans vis-à-vis d'une jeune
fille aussi naïvement expansive qu'Aimée. Mais
il gagnait son cœur à l'aide de ces mêmes philtres
dont Othello s'était jadis servi pour charmer
Desdémone. Comme le More de Venise, il lui
contait ses voyages.

Il avait de la verve, de l'humour et une sorte
d'éloquence capiteuse qui donnait un attrait cap-
tivant à ses récits. Il décrivait à Aimée ses
courses nombreuses à travers le Liban, ses haltes
dans le désert, les nuits lumineuses de l'Égypte,
les villes orientales découpant sur un ciel d'un
bleu intense leurs terrasses blanches et leurs
minarets frêles et sveltes comme de grands lis.

Ces narrations, entrecoupées de mots drôles,
dramatisées par les gestes amusants et la physionomie expressive du conteur, jetaient l'âme
enthousiaste de la jeune fille dans des émerveillements infinis. Tout ce qu'elle avait de sang
sauvage et fougueux fermentait ; son humeur
vagabonde était surexcitée, ses yeux agrandis
par l'émotion s'attachaient aux lèvres souriantes
de La Morandière, et elle buvait ses paroles
comme une liqueur enchantée.

Lui, ravi de son succès de conteur, redoublait
d'entrain et d'humour. Elle le quittait fascinée
et enfiévrée. La nuit, elle rêvait de son charmeur ;
le matin, quand elle se levait, elle se sentait
joyeuse ou triste, selon qu'elle espérait ou dé-
sespérait de le voir. Du reste, les jours où elle
ne le rencontrait pas étaient rares. La Morandière venait très-exactement aux rendez-vous
qu'elle lui assignait ingénûment, tantôt sur la
chaussée de l'ancien étang, tantôt à la source
des Moulineaux. Cette fille demi-paysanne et
demi-mondaine l'intéressait ; elle réveillait
comme un excitant son imagination nonchalante
et fatiguée.

Elle lui apportait une sensation de fraîcheur,
d'imprévu et de renouveau qui lui redonnait du

ton. Il la trouvait à la fois si chaste et si imprudente, qu'il se faisait conscience d'abuser de sa
candeur et de pousser trop loin les choses. D'ailleurs ils ne se voyaient qu'en plein air et en
plein jour, au milieu des prés ; et par un raffine-
ment de gourmet, La Morandière voulait lentement respirer le parfum de ce bouquet d'amour
agreste, au lieu d'en effeuiller sottement les
fleurs rares. Il avait trop vécu pour ne pas
savoir qu'en amour les premiers chapitres sont
le meilleur du poëme. Il était de ces délicats qui
pensent avec un poëte contemporain que :

> Le meilleur moment des amours
> N'est pas quand on a dit : Je t'aime.
> Il est dans le silence même
> A demi rompu tous les jours...[1]

Leurs entrevues étaient innocentes, et pourtant
on commençait à en jaser. Il est même probable
que les choses se seraient gâtées et que Denis
Finoël aurait fini par tout apprendre, si un incident, facile à prévoir, n'avait brusquement
coupé court aux rendez-vous dans la prairie.

La chasse venait d'être fermée, et la plupart
des chasseurs avaient déjà quitté le val d'Amo-

---

[1] Sully Prudhomme, *Stances et poëmes.*

rey. La Morandière, resté le dernier, n'avait plus de prétexte pour y séjourner, et, en outre, ses affaires l'appelaient en ville. Une après-midi du commencement de mars, au moment de souhaiter le bonsoir à Aimée, il murmura de sa voix toujours un peu nonchalante :

— Aujourd'hui, ce n'est pas bonsoir qu'il faut nous dire, mais au revoir !.. Je repars pour Langres cette nuit.

Elle pâlit et ses yeux devinrent humides.

Il vit sa figure altérée et, pris d'un remords, il ajouta :

— Oh ! nous nous reverrons bientôt, je serai de retour à Amorey pour la saison des chasses... Et puis, je demeure tout l'été à la Folie, près d'Aujeures... Ce n'est pas bien loin d'ici, et je compte que vous viendrez m'y faire visite... Vous verrez mon ermitage et je suis sûr qu'il vous plaira. On se croirait en plein Orient !.. Promettez-moi d'y venir.

Elle secouait la tête et souriait vaguement pour ne pas pleurer.

Il se mit à parler de sa maison de campagne et à la décrire, tout en arrachant des poignées d'herbes qu'il tendait à *Brin-de-Lait ;* puis il tira sa montre :

— Déjà ! fit-il, allons, il est temps de nous dire adieu, il faut que j'aille boucler ma valise.

Elle s'était levée et détournait la tête pour cacher son émotion.

— Nous avons passé de bonnes heures dans ce coin de forêt, reprit-il, je ne les oublierai de longtemps... Au revoir, Aimée.

Elle essaya de parler, mais le chagrin lui serrait la gorge et elle ne répondit que par un sanglot. Il se sentit lui-même remué par un soudain mouvement de tendresse. Il saisit les mains de la jeune fille, l'attira tout près de lui et lui chuchota presque dans l'oreille :

— Chère enfant, vous m'aimiez donc un peu !

Il la serrait plus étroitement contre sa poitrine et commençait à n'être plus maître de lui, quand un bruit de roues grinçantes retentit dans la route forestière des Moulineaux, accompagné d'éclats de voix et de coups de fouet sonores. La Morandière ne tenait pas à donner aux survenants le spectacle de cette scène intime ; il lâcha les mains d'Aimée après avoir effleuré ses cheveux crêpelés d'un rapide baiser :

— Adieu, répéta-t-il, et il s'éloigna.

La jeune fille se rassit sur les pierres du talus, la tête dans les mains, et se mit à pleurer tout à

son aise, tandis que *Brin-de-Lait* mugissait doucement et que Noirau, intrigué de ce chagrin
violent, mettait ses pattes sur les genoux d'Aimée
et lui léchait les bras.

Pendant ce temps, une longue banne à charbon,
traînée par quatre chevaux, débouchait sur le
chemin, et le Grand-Justin, attiré par les meu-
glements de la vache, s'approchait d'Aimée.

Depuis que Finoël lui avait fait connaître
l'inutilité de ses visites à Amorey, le charbonnier
n'avait guère revu la jeune fille. En l'apercevant
tout à coup sur le bord du talus, dans cette attitude désolée, il ne put prendre sur lui de passer
sans lui parler.

— Bonsoir, mam'selle Aimée, dit-il timidement. Vous avez donc du chagrin ?

— Bonsoir ! répondit-elle d'une voix sourde,
en relevant la tête et en essuyant précipitamment ses yeux, ce n'est rien... cela se passera !

Il restait silencieux et troublé devant elle.

— Vrai, reprit-il après un moment, ça me
fait gros au cœur de vous voir pleurer... Ne
puis-je vous être utile à quelque chose ?

— Non, Justin, merci, répliqua-t-elle plus
doucement.

— Bonsoir donc, mam'selle Aimée... Je ne

sais pas bien parler, moi ; mais tout de même
je tiens à vous dire que demain, comme aujour-
d'hui, comme hier, je suis à votre dévotion,
et que vous trouverez toujours des amis à la
vente.

Puis, sans attendre une réponse, il lança
en l'air d'énergiques coups de fouet et courut
vers la banne en hélant ses chevaux d'une voix
grondeuse.

La longue charrette tourna dans les champs
du côté de Germaine. A travers ses larmes,
Aimée la suivit longtemps encore le long du
remblai escarpé de la route. Elle se profilait sur le
couchant avec sa haute banne noire, ses quatre
chevaux tirant sur les traits et la svelte silhouette
du Grand-Justin courant en avant et faisant
claquer son fouet.

X

Les blés de la plaine d'Aujeures étaient déjà
presque tous moissonnés. De la lisière des bois
de Maigrefontaine, on voyait flamber au soleil
d'août la rase étendue des *éteules*, où des char-
dons en fleurs mettaient çà et là des taches
violettes. La plaine, baignée dans la grande lumière de midi, ondulait pendant des lieues,
tantôt dorée, tantôt bleuâtre, et très-loin, dans
la direction de Langres, les deux tours de la
cathédrale coupaient seules la longue ligne plane
de l'horizon.

Sous les tilleuls poudreux d'un vieux calvaire
qui s'élève à la sortie du bois, Aimée s'était
assise, regardant le pétillement du soleil sur les
chaumes, où des milliers de sauterelles accom-

pagnaient de leur musique bourdonnante le tremblottement de l'air embrasé.

Depuis quelques jours, le vieux Finoël travaillait à un abatage d'arbres dans le canton de Maigrefontaine, et bien que son chantier fût fort éloigné d'Amorey, Aimée lui portait régulièrement son repas de midi ; puis, avant de regagner le chemin de la ferme, elle venait s'asseoir à cette lisière, près de laquelle passait la route de la Folie-la-Morandière. Le désir de visiter la villa orientale la tentait. Elle n'avait pas revu La Morandière ; mais depuis le mois de mars il ne s'était point passé un jour sans que sa pensée se préoccupât de l'absent. Elle l'associait à tous ses rêves, à toutes les émotions nouvelles que les floraisons du printemps et les splendeurs de l'été apportaient dans la solitude du val d'Amorey.

Adossée au piédestal de la croix, elle songeait que deux mois la séparaient encore de la saison où La Morandière avait coutume de venir chasser à la ferme, et elle trouvait que deux mois c'était bien long. Elle eût été si heureuse de le revoir au moins une fois avant l'automne ! Elle regardait en soupirant le chemin vicinal courir dans

la plaine ensoleillée. Près du calvaire, il faisait
un coude, puis fuyait dans la direction d'Aujeures.
C'était là-bas, derrière les grises ondulations de
ces plis de terrain, que devait se creuser le
vallon à la naissance duquel la Folie dressait sa
coupole et étageait ses jardins en terrasse...

Aimée se disait qu'elle était maîtresse de
toute sa journée, qu'il lui fallait une heure au
plus pour gagner la maison de campagne et
pour voir celui qu'elle aimait. Elle se levait, à
demi résolue déjà à se mettre en route, puis elle
s'arrêtait indécise. L'idée de demander le chemin
de la Folie aux gens du village suffisait à la
décourager. Il lui semblait qu'elle n'oserait
jamais, et qu'en la voyant subitement rougir,
les passants devineraient sur-le-champ ce qu'elle
cachait au fond de son cœur.

Non, décidément elle y renonçait. Ce serait
pour un autre jour, quand le soleil serait moins
ardent. Déjà elle descendait les degrés du calvaire. Encore quelques pas et elle allait rentrer
dans la forêt, sans avoir succombé à la tentation. Au moment où elle tournait le dos à la
plaine, un bruit de roues et le trot d'un cheval
résonnèrent sur la route ferrée, et, comme elle
relevait les yeux, son regard rencontra La Mo-

randière assis sur les coussins d'un léger *panier*
qu'il conduisait lui-même.

Aimée se détachait si nettement sur le fond
sombre des tilleuls, avec sa petite robe de toile
et son chapeau de paille, qu'il ne pouvait passer
sans l'apercevoir. Il la reconnut tout de suite,
poussa une exclamation et arrêta son cheval.

— Quoi ! c'est vous ? dit-il en souriant, auriez-
vous eu la bonne idée de me venir voir ?

Il s'était élancé hors du panier et lui tendait
la main. Aimée rougissait et balbutiait de vagues
excuses. Il la trouvait si jolie au milieu de son
trouble, qu'il avait décidé intérieurement qu'il
ne la laisserait point partir.

— Non, reprit-il, je n'écoute rien, venez !..
Je vous montrerai mon nid et je vous ramènerai
en voiture jusqu'à la Tuilière, dès que la chaleur
sera tombée.

Il souriait de nouveau ; ses grands yeux ve-
loutés avaient quelque chose de si attirant, elle
était si heureuse de le revoir et de l'entendre,
qu'elle ne songeait même plus à faire une objec-
tion. Il la prit par la main, l'installa sur les
coussins, s'assit auprès d'elle et chatouilla légèrement de son fouet les flancs du cheval, qui
repartit au grand trot.

17

Ils allaient comme le vent à travers les champs lumineux.

— Voilà une heureuse rencontre, dit La Morandière en inclinant la tête pour mieux voir Aimée, que lui cachait le grand chapeau de paille... Comment vous êtes-vous portée depuis cet hiver ?.. Vous n'avez pas changé... Si pourtant; vous êtes devenue encore plus jolie... Ne vous êtes-vous pas trop ennuyée ?.. Avez-vous pensé un peu à moi?

— Et vous? demanda-t-elle en le regardant d'un air charmé entre les franges de ses longs cils.

— Oh ! moi, j'ai pensé à vous énormément.

— Cependant, reprit-elle un peu incrédule, il n'y a pas bien loin de chez vous à Amorey, et vous n'êtes jamais revenu.

— L'envie ne me manquait pas, certes, d'aller vous surprendre là-bas; mais j'ai eu un tas d'affaires ennuyeuses qui m'ont dévoré tout mon temps.

La vérité, c'est que depuis mars bien d'autres distractions avaient emporté ailleurs son humeur changeante. Même quand la pensée d'une fugue à Amorey lui avait traversé l'esprit, il l'avait prudemment écartée, en se disant qu'il fallait

être sage et que cette idylle pouvait mal finir.
Ces amourettes-là, à son avis, étaient comme
certaines esquisses qui ont d'autant plus de
saveur qu'elles restent inachevées. Aujourd'hui,
une occasion qu'il n'avait pas cherchée le remet-
tait en face de sa bonne fortune de l'hiver dernier ; après tout, il n'était pas un ange, et il trouvait que le hasard avait bien fait les choses...

Ces réflexions lui venaient tandis qu'Aimée
le questionnait naïvement, et que la voiture,
après avoir longtemps roulé en plaine, commençait à s'enfoncer dans un pli de terrain.

— Nous voici chez moi, s'écria-t-il, mes écu-
ries sont en dehors de l'habitation, et nous allons
descendre ici.

Ils étaient arrivés à la naissance d'une gorge
rocheuse. Les communs et les engrangements
étaient à gauche, dans un chalet adossé à la
roche. Au bruit des roues, un paysan en blouse
sortit de l'écurie. La Morandière lui jeta les rênes,
sauta à terre, donna la main à Aimée, et ils
s'avancèrent vers une porte mauresque, dont les
panneaux pleins et les chambranles de pierre
barraient complétement l'étroit couloir de rochers enguirlandés de lierre.

Le jeune homme poussa un bouton dissimulé

dans l'un des panneaux, la porte s'ouvrit et Aimée, qu'il avait fait passer devant lui, jeta un cri d'admiration.

Elle était aveuglée par un ruissellement de lumière et un chatoiement de couleurs éclatantes. Devant elle, au milieu d'épais massifs de verdures fraîches et lustrées, la maison orientale montait, svelte, blanche, avec ses fenêtres tréflées et ses balcons tapissés de fleurs exotiques. Autour de la légère coupole étincelante, des hirondelles se poursuivaient avec des cris joyeux. Au-dessous des balcons, une source vive jaillissait du rocher et bourdonnait dans un frissonnement de plantes humides. Partout aux entours il y avait un luxuriant épanouissement de feuillées et de fleurs, des parfums d'héliotrope et de jasmin, des bruits d'eau courante et de mélodieux murmures d'abeilles.

— Mais c'est le paradis terrestre, s'écria naïvement Aimée.

— Bah ! vous n'avez encore rien vu... Montons à mon atelier.

Il lui fit suivre une rampe bordée de rosiers nains aux magnifiques fleurs d'un rouge vif, et qui aboutissait à un balcon de plain-pied avec l'atelier, où ils entrèrent. Les hautes murailles.

peintes en gris étaient garnies de tableaux; tout
autour régnaient des divans bas, couverts de tapis
de Perse aux couleurs éteintes harmonieusement
fondues.

La Morandière installa la jeune fille sur un de
ces divans, non loin du balcon, et, tandis qu'il
faisait apporter des fruits et des boissons fraîches,
Aimée, déjà grisée par les parfums pénétrants et
la flore exubérante du jardin, contemplait avec
des yeux éblouis la vue qu'on avait de la fenêtre.

A droite, les roches nues et chaudement colo-
rées prolongeaient en demi-cercle leurs lignes
pures, qui coupaient horizontalement le bleu du
ciel et faisaient songer aux paysages de la Grèce.
Au delà des parterres, des vergers descendaient
en masses verdoyantes jusqu'à une prairie bordée
de noyers trapus. Puis l'œil plongeait dans une
vallée profonde qui s'évasait de plus en plus. Un
clocher pointu s'élançait d'un fouillis d'arbres;
un ruisseau miroitait sous des aulnes; des bois
moutonnaient noirs sur la nappe dorée des
champs moissonnés qui flambaient au soleil; des
plaines mamelonnées fuyaient dans un pou-
droiement radieux, et bien loin, à l'horizon, des
montagnes profilaient légèrement leurs cimes
bleuâtres.

— N'est-ce pas qu'on est bien ici ? dit La Morandière en venant s'asseoir auprès d'Aimée.

— Oh ! s'écria-t-elle en joignant les mains, c'est beau, c'est beau ! On se croirait dans un conte de fées.

Elle ôta son chapeau de paille, renversa doucement sa tête sur les coussins et ferma les yeux comme pour mieux savourer son émerveillement. Quand elle les rouvrit, la figure de Paul La Morandière s'était penchée vers elle, et deux prunelles d'un brun velouté étaient fixées sur les siennes. Ce regard la grisait encore plus que les couleurs éclatantes et les violents parfums des parterres. Elle détourna les yeux et les reporta vers le lointain paysage lumineux.

— Si vous grignotiez un biscuit ? insinua-t-il.

Non, l'émotion lui serrait trop la gorge, et elle n'avait pas faim. Mais elle mourait de soif et elle accepta un grand verre de limonade glacée, qu'elle avala à petites gorgées, la tête rejetée en arrière et les yeux perdus dans les arabesques du plafond.

La Morandière, pendant ce temps, la contemplait dans cette attitude abandonnée qui faisait bomber les rondeurs de sa poitrine sous l'étoffe du corsage. Il détaillait en artiste et en voluptueux les inflexions délicates du cou bien dégagé, les pures lignes du menton relevé en l'air et les ondoiements soyeux des cheveux crêpelés.

— Savez-vous que vous êtes charmante ainsi ? murmura-t-il, quand, ayant vidé son verre, elle passa le fin bout de sa langue sur ses lèvres avec des mines de chatte qui a bu du lait.

— Vrai ? demanda-t-elle, enchantée de l'accent convaincu de son admirateur, vous ne me trouvez pas trop laide au milieu de toutes vos belles choses ?

— Elles me semblent doublement belles depuis que vous êtes là, répondit-il en lui prenant les deux mains... Je suis heureux de vous revoir, ma jolie petite fée des bois, et de vous revoir dans ce nid où on peut causer à cœur ouvert.

— Ah ! soupirait-elle, il y avait si longtemps que je désirais y venir !.. Figurez-vous que j'avais peur de ne plus vous revoir, et j'en ressentais une angoisse terrible.

— Vraiment, et maintenant ?

— Maintenant, je suis contente !

— Chère enfant, comme je vous aime !...

— En êtes-vous sûr ? reprit-elle en plongeant ses regards dans les siens pour y démêler la vérité ; voyez-vous, il ne faut pas me dire cela uniquement pour me faire plaisir.... Si c'est bien vrai, je serai la plus heureuse des créatures; mais si vous me trompez, j'en mourrai de chagrin.

Il sourit.

— Je t'aime, mignonne ! répéta-t-il en l'attirant contre sa poitrine.

Aimée ferma les yeux. Elle entendait confusément, comme dans un rêve, les tendresses que La Morandière lui murmurait à l'oreille ; tout à travers ces chuchotements pleins de caresses, elle distinguait les petits cris des hirondelles frôlant le balcon, le clapotement des eaux jaillissantes retombant dans les bassins, et toutes ces musiques amoureuses lui donnaient un délicieux vertige. . . . .

Le soleil qui s'abaissait envoya dans l'atelier un flamboyant faisceau de rayons obliques. Aimée fut brusquement tirée de la demi-somnolence exquise dans laquelle le bruit des jets d'eau la berçait, et, soulevant sa tête illuminée par cette flambée de lumière :

— Il doit être tard, soupira-t-elle, il faut que je parte... Que dirait mon grand-oncle s'il ne me trouvait pas à la maison?

— Bah ! répondit négligemment La Morandière, rien ne presse, mignonne; je te reconduirai jusqu'à mi-chemin, et avant deux heures tu seras à la ferme.

Il sortit néanmoins et donna l'ordre d'atteler. Aimée quitta lentement l'atelier, envoya un long regard d'adieu à l'éblouissant paysage de la Folie, et, tous deux, remontant dans le panier, repassèrent par ces mêmes chemins qu'ils avaient traversés si allègrement dans la matinée.

A la fois heureuse et attristée, elle se blottissait tendrement contre La Morandière, qu'elle n'aurait plus voulu quitter. Celui-ci, plus calme, faisait presque un effort pour se maintenir à l'unisson de la tendresse démonstrative de la jeune fille. Il ne répondait que par monosyllabes, sentant déjà sourdre en lui cette humeur morose qui suit l'égoïste satisfaction d'un caprice auquel on regrette de n'avoir pas résisté.

Quand le panier fut arrivé au fond de la forêt de Maigrefontaine, près de la Tuilière, le jeune homme mit pied à terre et aida Aimée à descendre.

— C'est ici qu'il faut nous quitter, dit-il en la serrant dans ses bras.

— Déjà ! Puis, se jetant à son cou : — Vous m'aimez ? demanda-t-elle.

17.

— Chère mignonne, tu le sais bien.

— Vous m'aimez toujours autant ?

— Toujours plus.

— Quand vous reverrai-je ? Quand reviendrai-je dans votre beau jardin ?

— Quand tu voudras...

Il s'interrompit, réfléchit, puis ajouta avec une nuance d'embarras :

— C'est-à-dire, non, mignonne ; il faut éviter de faire jaser les gens de la Folie... Je préfère te voir à Amorey. J'irai là-bas le plus tôt que je pourrai... attends-moi... Adieu, Aimée...

— A bientôt, vous me le promettez !

— Oui, c'est entendu.

Elle avait peine de s'arracher de ses bras. Enfin elle le quitta ; mais à l'endroit où le chemin s'enfonce dans le taillis, elle se retourna encore et lui envoya du bout des doigts un dernier baiser.

Quand elle eut disparu, il prit un cigare, l'alluma, tira quelques bouffées avec une intraduisible expression de soulagement, puis remonta dans le panier.

— Je me croyais plus fort, songeait-il en fouettant son cheval ; je me suis conduit comme un écolier... Je suis bien avancé d'avoir effeuillé cette petite rose sauvage !.. Me voilà maintenant avec une sotte amourette sur les bras... Triple animal que je suis !

XI

Pendant les huit premiers jours qui suivirent
sa visite à la Folie, Aimée fut la plus heureuse
créature de la terre. Elle respirait le bonheur à
pleins poumons. Elle éprouvait cette sensation
d'allégresse qu'on goûte parfois en songe lorsqu'on rêve qu'on a des ailes et qu'on plane légèrement dans l'air. Il lui semblait que jusqu'alors
elle avait sommeillé, et que maintenant seulement
elle commençait à vivre. Elle se disait que dans
quelques jours, Paul La Morandière allait revenir
à Amorey, et elle l'attendait avec cette confiance
absolue qui ôte à l'attente toutes ses agitations
pénibles. Jamais le vieux Finoël ne l'avait vue si
joyeuse et d'humeur si égale.

Après les brûlantes ardeurs de l'été, le val
d'Amorey, subissant l'influence des premières

fraîcheurs de l'automne, avait un renouveau de
végétation verdoyante et de plantureuses floraisons. Les fossés et les talus étaient fleuris comme
un jardin. Aimée savait gré à la forêt de se parer
et de se parfumer pour une si belle occasion. Les
lisières étaient couvertes d'épaisses trochées de
belladones entre lesquelles montaient les hampes
pourprées des digitales ; les aconits et les chèvre-
feuilles ouvraient leurs fleurs au beau milieu des
buissons, les reines des prés embaumaient les
bords du ruisseau, et toutes ces plantes avaient
l'air de s'épanouir pour fêter le retour de La
Morandière.

Aimée vivait dans son amour comme dans une
sphère lumineuse autour de laquelle le monde
entier semblait graviter. Toutes les choses semblaient converger vers sa passion et s'y absorber.
C'était pour elle que le ciel éparpillait ses blanches nuées floconneuses ou étendait ses espaces
bleus ; pour elle que les grives chantaient dans
les ronciers noirs de mûres ; pour elle seule que
le soleil se levait et se couchait.

Cependant les jours se succédaient et le roi de
la fête ne paraissait pas. Deux semaines passèrent, puis une troisième. Septembre arriva avec
ses nuits plus froides et ses matinées brumeuses.

Les futaies commencèrent à se colorer, les premiers fils de la Vierge coururent dans l'air fraîchissant. La chasse s'était ouverte, et point de nouvelles de La Morandière.

Alors la sérénité des premiers jours fit place aux angoisses et aux fièvres de l'attente. Aimée désertait dès le matin la maisonnette d'Amorey et allait s'asseoir sur la chaussée de l'ancien étang. Là, elle restait pendant des heures immobile, les yeux fixés vers la tranchée qui s'enfonce dans la direction de Praslay. C'était par ce chemin que La Morandière devait venir, et, au moindre bruit dans le fourré, au moindre froissement des feuilles, elle frissonnait et se levait, s'imaginant toujours qu'elle allait le voir apparaître derrière les cépées de la bordure. Chaque matin elle se disait : « C'est sans doute pour aujourd'hui; » et chaque soir, tandis que le soleil couchant allongeait démesurément les ombres des arbres, elle s'en revenait au logis la tête basse, en murmurant : « Ce sera peut-être pour demain... »

Elle devenait taciturne, nerveuse, irritable : sa bonne humeur semblait s'être envolée avec les hirondelles. Parfois, à la veillée, Denis Finoël, assis au coin du feu en face de sa petite-nièce,

voyait une larme scintiller dans les yeux verts
d'Aimée :

— Est-ce que tu t'ennuies, petite ? lui deman-
dait-il ; as-tu quelque chagrin secret ?

Elle ne répondait qu'en secouant négativement
la tête, puis se replongeait de plus belle dans
son mutisme et son angoisse.

Elle ne doutait pas de La Morandière. Elle
l'adorait si passionnément, il était tellement
tout pour elle, qu'elle aurait cru commettre un
sacrilége en effleurant même d'un soupçon celui
dont elle avait fait un dieu. Elle avait des trésors
d'amour pour deux et elle les lui prêtait libérale-
ment. Seulement le dieu, semblable en cela à
ses confrères du vieux paganisme grec, tardait à
revenir visiter la pauvre mortelle qu'il avait sé-
duite, et celle-ci languissait et pâlissait, comme
Ariane avait pâli et langui sur les rivages soli-
taires de Naxos.

Tout septembre la vit ainsi, dans l'attente,
avec des alternatives de fièvre et d'abattement.
Puis le vent fit tournoyer les feuilles tombantes
dans le val d'Amorey ; les premiers frissons d'octobre coururent dans les bois, mais La Morandière ne parut point. La ferme restait silencieuse,
les volets de ses chambres hautes demeuraient

clos ; les chasseurs ne se pressaient pas d'y venir
cette année.

Tout à coup une crainte traversa le cerveau
d'Aimée comme une flèche aiguë : — Peut-être
La Morandière était-il tombé malade ? — On
parlait d'une épidémie de mauvaises fièvres aux
environs ; peut-être était-il retenu à la Folie par
une maladie grave?

Une fois cette semence jetée dans son imagination enfiévrée, elle s'y développa et y grandit
rapidement.

Oui, certes, il devait être malade. Elle en
rêvait. Elle le voyait étendu sans force dans son
lit, et l'appelant d'une voix faible. Jusque-là,
craignant de désobéir aux recommandations du
jeune homme, elle n'avait pas osé retourner à la
Folie ; mais un matin, elle n'y put tenir, et dès
que Finoël fut parti, elle prit en hâte le chemin
de la plaine d'Aujeures.

Elle passa rapidement à travers la forêt de
Maigrefontaine. Quand elle arriva dans les
champs, le brouillard s'était à peine éclairci ; la
plaine était grise et morne ; pourtant, au-dessus
de la brume, on sentait que le ciel était bleu et
on entendait les alouettes y monter en gazouil-
lant.

Aimée interpréta ce chant matinal comme un présage heureux et se remit à marcher plus courageusement, ne s'arrêtant à Aujeures que pour y demander minutieusement le chemin qu'elle devait suivre. Vers midi enfin, elle atteignit le couloir rocheux qui menait à la Folie.

Le petit chalet servant d'écurie dormait silencieusement sur la gauche, avec ses portes et ses fenêtres closes. Le cœur de la jeune fille se mit à battre violemment quand elle arriva près de la porte mauresque dont un léger rayon de soleil dorait les battants hermétiquement fermés.

Elle sonna. Tandis que la cloche tintait, elle sentait dans tous ses nerfs un fourmillement d'impatience et d'angoisse. Un bruit de sabots résonna dans l'allée et la femme du jardinier vint ouvrir.

A travers la porte entre-bâillée, la jeune fille revit comme une apparition éblouissante la coupole orientale, les balcons sculptés à jour, les verdures fleuries et la profonde vallée, qui lui souriait dans un flot de soleil.

— Qu'y a-t-il pour votre service? demanda la jardinière en jetant sur Aimée un regard peu bienveillant.

— Je voudrais parler à M. La Morandière.

— Il n'est pas ici.

— Est-ce qu'il est malade? murmura Aimée d'une voix inquiète.

— Malade ! Oh ! *bé ! bé !* il se porte comme un chêne. Voilà un mois qu'il est parti en voyage.

Aimée pâlit. La respiration lui manquait. Pourtant elle eut encore la force de balbutier :

— Reviendra-t-il bientôt ?

La jardinière haussa les épaules.

— Est-ce qu'on sait ?.. Il est allé dans le Midi, bien loin, de l'autre côté de la mer... En voilà au moins pour un an ou deux... Vous n'aviez rien de pressant à lui dire , je suppose ?.. Bonjour, ma mie !

Et la porte se referma lourdement sur l'éblouissant paradis perdu de la Folie-la-Morandière.

Aimée restait appuyée à l'un des jambages de pierre. Ses tempes étaient serrées comme dans un étau, et dans ses oreilles tintaient les paroles de la femme du jardinier : « Bien loin, de l'autre côté de la mer ! » Ces mots cruels tombaient et retombaient dans son cerveau qu'ils martelaient douloureusement. Un froid glacial lui paralysait le corps. Il lui semblait que tout ce qu'elle avait de sang s'était soudain tari. Sa gorge était comme étranglée, sa bouche était sèche, pas une larme ne montait dans ses yeux grands ouverts.

Un frisson nerveux la secoua tout entière, et brusquement, elle quitta le mur et se mit à marcher droit devant elle, à travers la plaine maintenant baignée de soleil. Mais elle ne s'inquiétait ni du soleil, ni de la route ; elle allait sans but, à travers champs, sans regarder, sans entendre, incapable même de rassembler ses pensées tourbillonnantes.

Une seule fois, elle fut violemment tirée de sa torpeur. Elle longeait une pièce de terre où un laboureur poussait sa charrue. Derrière lui, dans les mottes fraîchement remuées, un garçon marchait à pas lents, et fouillant dans une sacoche qu'il portait en sautoir, lançait le blé dans les sillons avec un geste calme et comme rhythmé. Tout en éparpillant son grain, le semeur chantait à pleine voix :

> Elle est bien aussi droite
> Que l'herbe dans les prés,
> Et bien aussi vermeille
> Que la rose en été.
> — Vous m'avez tant aimé,
> Vous m'avez délaissé !..

La voix sonore de ce paysan enlevait joyeuse-

.ment les premiers vers du couplet ; mais en en-
tonnant le refrain, le chanteur semblait pris
d'une soudaine tristesse, et, sur un ton traînant,
avec des notes basses et graves, il répétait par
deux fois :

> Vous m'avez tant aimé,
> Vous m'avez délaissé !..

Aimée s'arrêta et tressaillit. Ces notes na-
vrantes avaient tout à coup imprimé une secousse
aux idées qui flottaient confuses dans son cerveau, et la réflexion lui était revenue. Elle eut
de nouveau la perception affreusement nette du
malheur qui venait de l'accabler. Elle resongea
à l'homme qui était bien loin, « de l'autre côté
de la mer », à l'homme qu'elle avait tant aimé
et qui, lui aussi, l'avait délaissée...

Ce n'était pas un rêve, elle était bien réellement abandonnée. Son bonheur était anéanti.
Les trésors d'amour qu'elle avait mis si naïvement aux pieds de La Morandière, il les avait
dédaigneusement repoussés du soir au matin.
Elle n'avait été pour lui que l'amusement d'une
heure, la fleur sauvage qu'on cueille en passant
et qu'on jette distraitement après l'avoir res-
pirée. Elle se sentait maintenant si compléte-

ment perdue ! La vie pour elle n'avait plus de
valeur. Elle s'était dévouée et donnée passionnément comme son aïeule Sylvine, et, comme
son aïeule, elle ne cherchait plus qu'une porte
pour sortir de ce monde...

Elle marcha ainsi tout le jour, sans s'apercevoir de la fatigue. A la brune, elle se retrouva
dans la futaie d'Amorey ; à son insu, l'habitude
quotidienne l'avait guidée et poussée vers les
chemins tant de fois parcourus. Elle sentit dans
l'air une odeur de fumée, et, relevant les yeux,
reconnut à dix pas le Grand-Justin qui râtelait
le charbon d'un fourneau récemment éventré.

Elle voulait l'éviter ; mais ses pieds meurtris
et las se heurtèrent à une souche et elle s'affaissa
contre un arbre. Elle n'en pouvait plus... Du
reste, Justin l'avait déjà aperçue et il accourait.

— Bonnes gens ! s'exclama-t-il, c'est vous,
mam'selle Aimée !.. Eh ! comme vous avez la
figure renversée !... Que vous est-il arrivé ?

Elle le regardait avec ses yeux secs et fixes,
sans répondre. Tout à coup elle éclata :

— Ah ! s'écria-t-elle en plongeant sa tête
dans ses mains, je voudrais être morte !

Justin la considérait d'un air terrifié. Il voyait
qu'Aimée avait un violent chagrin, et, sans en

deviner exactement la cause, il comprenait qu'il
était en présence d'une grande douleur. Aussi
restait-il silencieux, se trouvant impuissant à
guérir cette blessure qu'un autre avait faite.

— Ah ! ma pauvre demoiselle, soupira-t-il
enfin, pourquoi n'êtes-vous pas née comme votre
oncle Finoël, comme nous tous, au mitan de la
forêt ? Vous seriez devenue une vraie paysanne,
vous auriez pris de l'amitié pour les gens des
bois et vous auriez été plus heureuse... Tous
vos maux viennent de la ville et des gens de
la ville... Quand je vous ai ramenée pour la
première fois de Langres, et que vous dormiez
dans ma charrette (vous souvenez-vous, au *ran
de la Mancienne ?*), j'avais tant de plaisir à vous
regarder, que je mettais mes chevaux au pas
pour ne point vous réveiller... Et en vous regardant je me pensais : « Quel dommage que ce soit
une demoiselle de la ville ! »

La tête enfouie dans ses mains, immobile, impassible, elle semblait ne rien entendre. Le
Grand-Justin soupira de nouveau et reprit :

— Voyez-vous, il était déjà trop tard, quand
vous êtes venue à Amorey ; sans reproche,
vous étiez déjà trop une demoiselle et vous ne
pouviez pas vous plier aux façons du monde

d'ici... Vous aviez beau vous forcer pour avoir
l'air de vous amuser avec nous, on devinait bien
que vous vous ennuyiez, allez !.. Ce n'était pas
votre faute ; on ne peut pas se refaire, n'est-ce
pas ?.. aussi je comprenais que vous recherchiez
les occasions de causer avec M. La Morandière ;
seulement je me méfiais, parce que je connais le
pèlerin, et j'ai été bien aise quand j'ai su qu'il
était parti, encore que ça me fit grand dépit de
vous voir pleurer... C'est un embobelineur que
ce monsieur-là ; mais, de vrai, il n'a pas plus de
cœur que mon râteau, et toute sa carcasse ne
vaut pas une seule de vos larmes, mam'selle
Aimée !

Elle se leva brusquement.

— Taisez-vous ! s'écria-t-elle irritée, je ne
veux pas qu'on me dise du mal de lui ! Je ne
veux pas !.. Adieu, je m'en retourne !

Elle avait l'air si égaré et si désespéré que
Justin fut pris de pitié.

— Si vous vouliez attendre un peu, murmura-t-il, je vous reconduirais jusqu'à la ferme ;
je suis obligé de rester près de mes fourneaux
jusqu'à ce que nos gens soient de retour, mais ils
ne peuvent guère tarder à cette heure.

— Non, dit-elle précipitamment, ce n'est pas la peine. Merci, Justin!.. adieu !

Elle s'enfuit et descendit rapidement le ravin des Moulineaux, les bras croisés contre sa poitrine, les dents serrées, et le cerveau hanté par une seule idée, une cruelle idée qui ne la quittait plus depuis l'après-midi.

La nuit était venue et la lune se levait. Quand Aimée atteignit le talus de la lisière, la prairie vaporeuse était baignée d'une lumière argentée, et sur les fossés on distinguait les énormes trochées des belladones, avec leurs feuilles sombres et leurs fruits mûrs, semblables à des cerises noires.

Les baies lustrées luisaient au clair de lune ; l'abondance de ces cerises satinées et pulpeuses avait quelque chose de provocant. Aimée les regarda longtemps, puis sa main tentée s'étendit vers les tiges chargées de fruits ; elle en cueillit un et le porta à ses lèvres.

La saveur fade et un peu sucrée de la baie vénéneuse n'avait rien de répugnant, et il semblait qu'avec ce poison la mort devait venir douce et tranquille.

La jeune fille arracha alors les fruits à poi-

gnée et les dévora avidement. Elle craignait de
ne pas en prendre assez pour mourir ; elle en
mangea une vingtaine et en mit d'autres dans sa
poche, puis elle se dirigea vers la chaussée de
l'étang.

Elle voulait encore revoir la place où pour la
première fois elle avait aperçu La Morandière, la
saluant de son sourire dédaigneux. Elle se promenait lentement le long des talus, en se rappe-
lant les causeries d'autrefois et les heures se-
reines des commencements. Tout à coup elle eut
un éblouissement. Il lui sembla que le vallon et
les arbres tournaient autour d'elle ; en même
temps d'âcres nausées vireuses lui montaient à
la gorge. Sa bouche devenait brûlante et sa tête
lourde comme un plomb.

Elle fut saisie de la peur de mourir là, au
milieu des bois, et frissonna à l'idée que son corps
serait exposé aux déchiquetures des oiseaux de
proie de la forêt. Alors, faisant un suprême effort, elle se traîna vers les bâtiments de la ferme
dont elle voyait les fenêtres briller au clair de
lune.

Sa vue commençait à se troubler et elle avait
le vertige quand elle arriva près de la petite
maison de Finoël. Elle essaya d'ouvrir la porte,

mais ses doigts tâtaient en vain le panneau sans pouvoir saisir le loquet.

Finoël ne s'était pas couché. Étonné de trouver la maison vide à son retour, il attendait Aimée avec inquiétude. Au bruit des doigts grattant contre la porte, il accourut avec la lampe à bec, et dès qu'il eut ouvert, il recula stupéfait devant la figure de la jeune fille, dont les pupilles dilatées et immobiles le regardaient avec une expression effrayante :

— D'où viens-tu ? s'écria-t-il, et qu'as-tu ?

Elle le distinguait à peine tant ses yeux étaient devenus troubles :

— A boire ! murmura-t-elle d'une voix étrange ; puis elle chancela et s'agenouilla sur le pavé.

— Ah ! mon Dieu, s'exclama le bonhomme, es-tu malade, ma pauvre petite ?

Il la souleva dans ses bras noueux et la porta sur son propre lit, où elle resta pendant quelque temps inerte et comme engourdie.

— Seigneur ! murmurait le vieillard épouvanté et perdant la tête, que lui est-il arrivé ?

Il ne savait à quoi se résoudre, n'osant la quitter, et cependant comprenant que l'aide d'un médecin devenait nécessaire.

Au même moment, on frappa à la porte.
C'était le Grand-Justin, qui n'avait pu y tenir et
qui accourait pour savoir si Aimée était rentrée
au logis.

Comme Finoël, il fut atterré en voyant les
traits décomposés et l'agitation de la jeune fille.
La stupeur avait cessé pour faire place au délire.
Maintenant Aimée gesticulait et balbutiait des
paroles incohérentes ; elle voulait se lever et
s'en aller bien loin « de l'autre côté de la
mer... » Elle appelait quelqu'un, ses mains tendues cherchaient à saisir et à retenir un être
imaginaire, puis tout à coup elle riait d'un rire
étrange qui donnait froid jusque dans les os. A
un mouvement brusque de son corps, les baies
de belladone qui étaient restées dans sa poche
roulèrent sur le carreau.

Justin en ramassa une, la reconnut et poussa
un cri :

— Ah ! fit-il, la malheureuse ! c'est de la
belladone... Elle s'est empoisonnée !

— Va vite à Auberive et ramène le médecin !
cria Finoël...

Justin partit et ne revint qu'au petit jour avec
le docteur. Il était déjà trop tard et les prescrip-

tions du médecin ne pouvaient plus arrêter la marche du poison.

Pendant toute la journée du lendemain, Aimée lutta contre la mort. Elle avait des alternatives d'assoupissement et de délire. Son corps se tordait, ses traits se crispaient, seuls ses grands yeux verts gardaient une fixité effrayante.

Vers le soir, elle s'assoupit de nouveau. La mort semblait enfin avoir raison de sa jeunesse ; ses joues avaient pâli, son pouls ne battait plus que faiblement.

— Allons, dit Finoël en essuyant une larme, la pauvre *gachette* a presque cessé de souffrir, et je crois que c'est la fin... Je ne pensais guère que je verrais encore cette mort-là avant de m'en aller... Mais c'était écrit, vois-tu, Justin ; dans notre famille, les femmes n'ont pas de chance !

La nuit tombait. Tout à coup, dans le silence du vallon, de bruyants aboiements retentirent, et des cors de chasse entonnèrent une joyeuse fanfare.

C'étaient les chasseurs qui étaient arrivés le matin même à la ferme et qui rentraient du bois.

Aimée souleva brusquement sa blanche figure noyée dans les crépelures de ses cheveux noirs.

Les dernières gouttes du vieux sang passionné des Finoël lui montèrent aux joues et une lueur passa dans ses yeux :

— Ah ! murmura-t-elle, il est revenu ! Le voici, je l'entends !..

Et avec ce dernier espoir sur les lèvres, elle sourit et mourut.

FIN.

Évreux, Ch. HÉRISSEY, imp. — 279.